外国人のための日本語 例文・問題シリーズ17

修　　　　　　飾

宮 地　宏
サイモン遠藤陸子
小 川 信 夫
共著

日本荒竹出版授權

鴻儒堂出版社發行

監修者の言葉

このシリーズは、日本国内はもとより、欧米、アジア、オーストラリアなどで、長年、日本語教育にたずさわってきた教師三十七名が、言語理論をどのように教育の現場に活かすかという観点から、アイデアを持ち寄ってできたものです。私達は、日本語を教えている現職の先生方に使っていただくだけでなく、同時に、中・上級レベルの学生の復習用にも使えるものを作るように努力しました。

このシリーズの主な目的は、「例文・問題シリーズ」という副題からも明らかなように、学生には、今まで習得した日本語の総復習と自己診断のためのお手本を、教師の方々には、教室で即戦力となる例文と問題を提供することにあります。既存の言語理論および日本語文法に関する諸学者の識見を無視せず、むしろ、それを現場へ応用するという姿勢を忘れなかったという点で、ある意味で、これは教則本的実用文法シリーズと言えると思います。

従来、文部省で認められてきた十品詞論は、古典文法論ではともかく、現代日本語の分析には不充分であることは、日本語教師なら、だれでも知っています。そこで、このシリーズでは、品詞を、自立語では、動詞、イ形容詞、ナ形容詞、名詞、副詞、接続詞、数詞、間投詞、コ・ソ・ア・ド指示詞の九品詞、付属語では、接頭辞、接尾辞、（ダ・デス、マス指示詞を含む）助動詞、形式名詞、助詞、助数詞の六品詞の、全部で十五に分類しました。さらに細かい各品詞の意味論的・統語論的な分類については、各巻の執筆者の判断にまかせました。

また、活用の形についても、未然・連用・終止・連体・仮定・命令の六形でなく、動詞、形容詞とともに、十一形の体系を採用しました。そのため、動詞は活用形によって、u動詞、ru動詞、行く動詞、来る動詞、する動詞、の五種類に分けられることになります。活用形への考慮が必要な巻では、巻頭に活用の形式を詳述してあります。

シリーズ全体にわたって、例文に使う漢字は常用漢字の範囲内にとどめるよう努めました。項目によっては、適宜、外国語で説明を加えた場合もありますが、説明はできるだけ日本語でするように心がけました。

教室で使っていただく際の便宜を考えて、解答は別冊にしました。また、この種の文法シリーズでは、各巻とも内容に重複は避けられない問題ですから、読者の便宜を考慮し、別巻として総索引を加えました。

私達の職歴は、青山学院、獨協、学習院、恵泉女学園、上智、慶應、ICU、名古屋、南山、早稲田、国立国語研究所、国際学友会日本語学校、日米会話学院、アイオワ大、朝日カルチャーセンター、アリゾナ大、イリノイ大、マサチューセッツ大、メリーランド大、ミシガン大、ミシガン州立大、ミドルベリー大、ペンシルベニア大、スタンフォード大、ワシントン大、ウィスコンシン大、アメリカ・カナダ十一大学連合日本研究センター、オーストラリア国立大、と多様ですが、日本語教師としての連帯感と、日本語を勉強する諸外国の学生の役に立ちたいという使命感から、このプロジェクトを通じて協力してきました。

国内だけでなく、海外在住の著者の方々とも連絡をとる必要から、名柄が「まとめ役」をいたしましたが、たわむれに、私達全員の「外国語としての日本語」歴を合計したところ、580年以上にも及びました。この600年近くの経験が、このシリーズを使っていただく皆様に、いたずらな「馬齢の積み重ね」に感じられないだけの業績になっていればというのが、私達一同の願いです。

このシリーズをお使いいただいて、Two heads are better than one.（三人寄れば文殊の知恵）とお感じになるか、それとも、Too many cooks spoil the broth.（船頭多くして船山に登る）とお感じになったか、率直な御意見をお聞かせいただければと願っています。

この出版を通じて、荒竹三郎先生並びに、荒竹出版編集部の松原正明氏に大変お世話になりましたことを、特筆して感謝したいと思います。

一九八七年　秋

ミシガン大学名誉教授
上智大学比較文化学部教授　名柄　迪

はしがき

「修飾《しゅうしょく》」とは何かと決めようとすると、専門の言語学者、国語学者でも難しい問題にぶつかってしまいます。そこで、抽象的《ちゅうしょうてき》な理論ではなく、日本語を勉強している方達《かたたち》に実際《じっさい》に役立つものを目標にして、この本を書こうと思いました。ところが実際《じっさい》に書いてみると、「修飾《しゅうしょく》」とは何か、どんな規則があるのか、などを考える方《ほう》に片寄ったものになったようです。このシリーズの『副詞』、『形容詞』、『読解《どっかい》—拡大文節の認知—』でも重複して「修飾《しゅうしょく》」を扱《あつか》っているということもあって、どちらかといえば理論的になる結果《けっか》になりました。

まず誰《だれ》でも知っている例をとって、「修飾《しゅうしょく》」ということを考えてみましょう。飛行機が離陸《りりく》する前と着陸する前に、「禁煙《きんえん》」のサインが出ます。離陸《りりく》するとしばらくして、「禁煙《きんえん》」のサインが消え、搭乗員《とうじょういん》が必ず「タバコは巻タバコだけ、シガーやパイプ・タバコは吸わないでください」と言います。「タバコを吸ってもいい」とだけ言うと、何種類かあるタバコの、どれを吸ってもいいことになってしまいます。そこで、「巻タバコ」、「パイプ・タバコ」などと言って、どの「タバコ」は吸ってもいいが、どのタバコはいけない、ということをはっきりさせる必要が出てきます。

このように、ある語句の意味内容を限定したり、説明を加えたりすることを「修飾《しゅうしょく》」と言います。日本語では特に大切《たいせつ》なことは、「修飾《しゅうしょく》する語句」（修飾語《しゅうしょくご》）が必ず「修飾《しゅうしょく》される語句」（被修飾《ひしゅうしょく》語《ご》）の前に来る、ということです。この本を通して、「修飾《しゅうしょく》」という日本語文法の大切《たいせつ》な一面を身に付けていただければ幸いと思います。

この本の連体修飾《れんたいしゅうしょく》はサイモン遠藤《えんどう》が、連用修飾《れんようしゅうしょく》は小川《おがわ》が主として担当しました。宮地《みやじ》は全体をまとめ、例文、練習問題を補足しました。

最後に、原文転載許可のお願いに対し、著作権者でおられる伊藤美野、岡部伊都子、くろすとしゆき、高村規、谷崎松子、西尾幹二、萩原葉子、堀多恵、山田風太郎、吉田なつの各氏にご理解いただき、快諾をたまわりました。ここに特筆して感謝の言葉に代えたいと思います。

一九九一年四月

宮地　宏
サイモン遠藤陸子
小川信夫

目次

第一章　修飾《しゅうしょく》のいろいろ

日本語における修飾《しゅうしょく》は、大きく分けて「名詞を修飾《しゅうしょく》するもの」（連体修飾《れんたいしゅうしょく》）と「その他を修飾《しゅうしょく》するもの」（連用修飾《れんようしゅうしょく》）の二つがある。特に大切《たいせつ》なことは、いずれの構造においても、「修飾《しゅうしょく》する語句」（修飾語《しゅうしょくご》）が必ず「修飾《しゅうしょく》される語句」（被修飾語《ひしゅうしょくご》）の前に来る、ということである。

まず、「修飾《しゅうしょく》」とはどんなものか、そのおおよそを理解するために、一つの具体的な会話文を使って考えて行こう。そして第二、第三章で、それぞれの修飾構造《しゅうしょくこうぞう》について、詳《くわ》しく検討《けんとう》してみたい。

〔一〕ある会話文に見る修飾《しゅうしょく》の例

次の会話は「良夫《よしお》さん」（「よ」）と「メリーさん」（「メ」）の会話である。どの部分が何を修飾《しゅうしょく》しているのか考えながら読んでみよう。もしできれば、テープにとって聞き取りの練習にも使うと良いだろう。

（学校で）

よ「今日《きょう》、学校のあとで、買い物に行きたいんだけど、一緒《いっしょ》に行かないか？」

メ「ええ、行ってもいいわ。どこへ行くつもりなの。」

よ「四丁目の角《かど》のデパートだけど、バーゲンセールを今日《きょう》からあさっての日曜日《にちようび》までするっていう広告が新聞に出ていたんだ。」

メ　「私もちょうどセーターとブラウスがほしいから、行くわ。」

（四丁目のデパートで）

メ　「わあ、バーゲンセールだからかしら、ずいぶん込《こ》んでるわね。」

よ　「そうだね。この頃《ごろ》は良い物は高いから、バーゲンで買うのが一番いいんだ。あっ、あの人。」

メ　「どの人？」

よ　「眼鏡《めがね》売り場にいる、ブルーのスーツを着ている、背《せい》の高い女の人だよ。」

メ　「あら、あれは山田《やまだ》ゼミのジェーンさんでしょ。あなた、知ってるの？」

よ　「ああ、一度、山田《やまだ》先生の研究室で会ったことがあるんだ。」

メ　「ふうん、きれいな人ね。私はよく知らないけど。」

〔二〕連体修飾《れんたいしゅうしょく》

ここで二人《ふたり》の会話を中断して、復習してみよう。こんな短い会話の中にも、いろいろな修飾関《しゅうしょくかん》係《けい》が見られる。始めに、連体修飾《れんたいしゅうしょく》の例を、前に来る語句の品詞によって分類すると、次のようになる。以下、本書において、修飾部《しゅうしょくぶ》は［　］で囲み被修飾部《ひしゅうしょくぶ》は、はっきりしない場合にのみ傍《ぼう》線《せん》を施《ほどこ》すことにする。

1　コ・ソ・ア・ド指示詞

［あの］人

［どの］人

2　名詞＋の
［学校の］あと
［四丁目の］角《かど》の］デパート
［あさっての］日曜日《にちようび》
［女の］人
［山田《やまだ》ゼミの］ジェーンさん
［山田《やまだ》先生の］研究室

3　イ形容詞
［良い］物

4　ナ形容詞
［きれいな］人

5　節
［どこへ行く］つもり
［バーゲンセールを今日《きょう》からあさっての日曜日《にちようび》までする］っていう広告
［眼鏡《めがね》売り場にいる］［ブルーのスーツを着ている］［背《せい》の高い］女の人
［山田《やまだ》先生の研究室で会った］こと

このように、コ・ソ・ア・ド指示詞、名詞＋の、形容詞、節などが名詞を修飾《しゅうしょく》することができる。コ・ソ・ア・ド指示にはいろいろあるが、名詞を修飾《しゅうしょく》する働きしか持たないものとしては、「この、その、あの、どの」のほかに、「こんな、そんな、あんな、どんな、こういう、そういう、ああいう、どういう」などがある。

前のリストを見ると、修飾《しゅうしょく》する語だけではなく、修飾《しゅうしょく》される名詞にもいろいろな種類があることに気が付く。「人」「デパート」「物」のような普通名詞《ふつうめいし》もあれば、「あと」「つもり」「こと」のような形式名詞もある。また、「山田《やまだ》ゼミのジェーンさん」では固有名詞が修飾《しゅうしょく》されている。あとでもっと詳《くわ》しく見るが、固有名詞や代名詞などが自由に修飾《しゅうしょく》できるというのは、日本語の一つの特徴《とくちょう》と言える。

ここで、「学校のあと」の「あと」という言葉について考えてみよう。私達《わたしたち》は友達《ともだち》と別れる時に、よく「じゃ、またあとで」と言う。これは、もちろん「では、またあとで会いましょう。さようなら」と言っているのだろうが、この場合の「あとで」は意味がぼんやりしていて、「何のあと」なのかはっきりしない。だから、形式的にあいさつに使われるのだろう。これに対して、時間をもっとはっきりさせなければならない場合は、「学校の」などという修飾語《しゅうしょくご》を「あと」の前に付け加えることによって、いつを指すのかをはっきりさせるのである。このように、修飾語《しゅうしょくご》は、被修《ひしゅう》飾語《しょくご》の意味内容を限定する働きをする。

ただし、限定の仕方、つまり、修飾語《しゅうしょくご》と被修飾語《ひしゅうしょくご》の意味の上での関係はいろいろ違《ちが》っている。たとえば、2の「名詞＋の＋名詞」という構造でも、先に来る語句が「場所」を表すもの（例「四丁目の角《かど》」）、「内容・性質」を表すもの（例「ブルーのスーツ」）、「所属」を表すもの（例「山《やま》田《だ》先生の研究室」）などがある。また、「あさっての日曜日《にちようび》」のように、二つの名詞が同格の関係にあるもの（つまり「あさってである日曜日《にちようび》」という意味）もある。

節が名詞を修飾《しゅうしょく》する場合も、同格の関係のものとそうでないものとに分けられる。「「バーゲンセールをあさっての日曜日《にちようび》までする」っていう広告」というのを例に取ると、先行する節と後に来る「広告」という名詞が同格になっており、「っていう」（「という」と同じ）で結ばれている。つまり、この節は「広告」の内容を表し、それ自体がいわば文法的に完全な文で、何かが抜《ぬ》けているという感じはしない。この節と「っていう」全体が、「広告」を修飾《しゅうしょく》している。

これに対して「「ブルーのスーツを着ている」人」という例では、修飾《しゅうしょく》する節には「誰《だれ》かがブルーのスーツを着ている」という主語（「誰《だれ》か」）が欠けていて、被修飾語《ひしゅうしょくご》の「人」がそれに対応している。通常、前者のような節を「付加名詞連体修飾節《ふかめいしれんたいしゅうしょくせつ》」（「同格節」はその一形態）と呼び、後者のようなものを「同一名詞連体修飾節《どういつめいしれんたいしゅうしょくせつ》」と呼んでいる。

同一名詞連体修飾節《どういつめいしれんたいしゅうしょくせつ》はいくつか重ねることもできる。たとえば、左に挙げた例では三つの節が「女の人」という名詞を修飾《しゅうしょく》している。

「眼鏡《めがね》売り場にいる」、「ブルーのスーツを着ている」、「背《せい》の高い」女の人

話し手は、このように修飾節《しゅうしょくせつ》を重ねることによって、対象の範囲《はんい》をだんだんにせばめていく、つまりはっきりさせていくわけだ。

このような修飾節《しゅうしょくせつ》の使い方は、一般《いっぱん》に制限的用法と呼ばれるものである。周知のように、英語などでは、制限的用法と非制限的用法が、話す時には特定のイントネーション、書く時にはコンマの有無《うむ》で区別される。しかし、日本語ではこのような区別は特にない。つまり、「長い間北海道《ほっかいどう》に住んでいる人」というような、ある集団から特定の対象を抽出《ちゅうしゅつ》する制限的な言い方と、「長い間北海道《ほっかいどう》に住んでいる私」のような単に説明を加えるだけの非制限的な言い方との間に、話し手はこれといった差を感じていない。「北海道《ほっかいどう》に住んでいる友達《ともだち》が鮭《さけ》を送ってくれた」などと言った場合、

厳密《げんみつ》にはどちらの用法なのかあいまいなはずだが、日本語では問題にしないのが普通《ふつう》なのである。なお、「つもり」や「こと」などの形式名詞を節が修飾《しゅうしょく》する例があったが、これらは連体修《れんたいしゅう》飾節《しょくせつ》とは別物と考える方《ほう》がいいと思われる。なぜかと言うと、「……つもりです」とか「……ことがあります」とかが全体として、特別な文末表現を成しているからである。

構造上の問題で気付くことは、ある修飾語《しゅうしょくご》が、それ自体、修飾語《しゅうしょくご》と名詞で成り立っている場合もあるということだ。たとえば、「四丁目の角《かど》のデパート」という例では、まず、「四丁目の」が「角《かど》」を修飾《しゅうしょく》し、「四丁目の角《かど》の」が全体で「デパート」を修飾《しゅうしょく》している。一方《いっぽう》、「私の日本語の本」という場合は、「私の」が「日本語の本」を修飾《しゅうしょく》しているとも考えられるし、「私の」と「日本語の」が並列的《へいれつてき》に「本」を修飾《しゅうしょく》しているとも考えられる。次のような三つの可能性があるわけである。

①［四丁目の角《かど》の］デパート
②［私の］日本語の本
③［私の］
　［日本語の］本

このような場合、初めの二つの名詞が組になって、最後の名詞を修飾《しゅうしょく》しているのか、あるいは、初めの名詞が後の二つの名詞で成る名詞句を修飾《しゅうしょく》しているのか、また初めの二つの名詞がそれぞれ並列的《へいれつてき》に最後の名詞を修飾《しゅうしょく》しているのかは、文脈《ぶんみゃく》や名詞そのものの意味によって決まるが、もちろん、構造的関係があいまいで、どちらにも取れる場合も少なくない。こういう問題は形容詞や節が名詞を修飾《しゅうしょく》する時にも起きる。たとえば、「小さい町の教会」や「考古学を研究する加藤《かとう》教授の学生」も次のようにあいまいである。

① ［小さい町の］教会
② ［小さい］町の教会
③ ［小さい］［町の］ 教会

① ［考古学を研究する加藤教授の］学生
② ［考古学を研究する］加藤教授の学生
③ ［考古学を研究する］［加藤教授の］ 学生

〔三〕 連用修飾《れんようしゅうしょく》

次に、先の会話文中、名詞以外の語句を修飾《しゅうしょく》する例、つまり連用修飾《れんようしゅうしょく》の例を拾ってみよう。

1 副詞が動詞を修飾《しゅうしょく》するもの

［一緒《いっしょ》に］行かない
［ずいぶん］込《こ》んでるわね
［一度］会ったことがある
［よく］知らない

2 副詞が形容詞を修飾《しゅうしょく》するもの

〔一番〕いい

名詞を修飾《しゅうしょく》する語と同じように、動詞や形容詞を修飾《しゅうしょく》する語（この場合、副詞）も、被修《ひしゅう》飾語《しょくご》の前に来るということが分かる。ただし、連体修飾語《れんたいしゅうしょくご》と違《ちが》い、連用修飾語《れんようしゅうしょくご》は被修飾語《ひしゅうしょくご》のすぐ前に来なくてもかまわない。間に主語などが入ってもいいわけだ。例文1、2の副詞は、「状態」（例「一緒《いっしょ》に」）、「数量」（例「一度」）、「程度」（例「ずいぶん」「よく」「一番」）などについて、意味の限定をしている。このほか副詞には、「彼女《かのじょ》は〔わざと〕こちらを見ないんです」のように、「態度」を表すものもある。また、「決して（……ない）」とか「もし（……たら）」などのように、後に来るものと呼応して使われるものもある。さらに、次の例文3のように、名詞を修《しゅう》飾《しょく》すると考えられるものもある。この例はどちらも「程度」を表している。一方《いっぽう》、4の「さいわい」は話し手の意見を表していて、この副詞は文全体を修飾《しゅうしょく》すると考えられる。

3　〔副詞〕名詞
〔ちょっと〕右（によってください）。
〔かなり〕北（です）。

4　〔副詞〕文
〔さいわい〕雨は降らなかった。

副詞といってもいろいろあるわけで、日本語では形容詞や名詞が副詞的に使われることがよくある。その場合、イ形容詞には「く」、ナ形容詞には「に」が使われる。会話文に出てきた「一緒《いっしょ》に」という言葉も、もともとは「一緒《いっしょ》」という名詞に「に」を付けて、副詞的に使ったものである。この種の例をもう少し挙げよう。

5　戸を［強く］押《お》した。　（↑強い）
［すばらしく］美しいバラが咲《さ》いた。　（↑すばらしい）
［静かに］歩きましょう。　（↑静かな）
［始めに］あのお寺を見ましょう。　（↑始め）

「今日《きょう》、さっき、昔《むかし》、来年」などのような時を表す名詞は、助詞を必要とせずに単独で副詞的に使うことができる。また、例文1にあった「一度」とか「三枚」、「百人」などの数詞も名詞の一種だが、副詞的に使われるのが普通《ふつう》だ。

「～時（に）、～間（に）、～うちに、～前に、～あと（で）」などは、名詞や形容詞や節と組み合わさって、時を表す副詞句・副詞節を構成する。このほか「と、ば、たら、なら」などの条件節や、「ので、から、のに、けれども」などの順接・逆接の節、「～ながら」などの方法や状態を表す節も連用《れんよう》修飾《しゅうしょく》をする。また、次の例が示すように、動詞のテ形も、その機能の一つとして動作の方法や状態を表す。

6　a　先生は［立って］話していらっしゃいます。
　b　毎日［電車に乗って］会社へ通う。

このほかに「節＋ぐらい」や「節＋ほど」という言い方で、「程度」を表すこともできる。次の7、8のaの文は、「……ぐらい／ほど」が副詞的に働いて傍線《ぼうせん》の部分を修飾《しゅうしょく》している。一方《いっぽう》、bの文では「の」を付けることによって、後に来る名詞を修飾《しゅうしょく》している。

7　a　今日《きょう》は［コートがいらないぐらい］暖かいです。
　　b　今日《きょう》は［コートがいらないぐらいの］暖かさです。
8　a　あの歌手は［徹夜《てつや》で並《なら》ばなければ、コンサートの切符《きっぷ》が買えないほど］人気《にんき》があります。
　　b　あの歌手は［徹夜《てつや》で並《なら》ばなければ、コンサートの切符《きっぷ》が買えないほどの］人気《にんき》です。

以下、連体修飾《れんたいしゅうしょく》と連用修飾《れんようしゅうしょく》を詳《くわ》しく見ることにするが、その前に、理解を確認するために次の練習をしよう。

練習問題一

次の文は良夫《よしお》さんとメリーさんの会話の続きである。どの部分が傍線《ぼうせん》の語を修飾《しゅうしょく》しているのか、［　］で示しなさい。

メ　「ジェーンさんのところへちょっと行ったらどう?」
よ　「いや、いいんだ。山田《やまだ》先生のところで会った時は、ただあいさつしただけだから。」
メ　「まあ、そんなこと言わないで、『こんにちは』って言ってらっしゃい。」
よ　「そうかい。じゃ、ジェーンさんにあいさつしたあと、Tシャツや Yシャツを売っている所へ行って、三十分《さんじっぷん》ぐらいしたら、五階の食堂の前で落ち合うことにしようか。どう?」
メ　「ええ、いいわよ。私ショッピング、三十分《さんじっぷん》以上かかるかも知れないから、少し待たせるかもしれないわよ。」
よ　「待つのはちっともかまわない。待たせて、あとで文句言われるのはかなわないから。でも、僕《ぼく》の買い物も三十分《さんじっぷん》じゃ無理かも知れないんで、四《し》、五十分《ごじっぷん》の方《ほう》がいいかもしれない。」

メ「それじゃ、今から一時間というのはどう？　ジェーンさんともゆっくり話すことができるでしょうし。」

よ「あんまり変なこと言わないでくれよ。じゃ、一時間あとで食堂の前で待ってるよ。」

メ「ええ、いいわ。じゃ、どうぞ、ごゆっくり。」

第二章　連《れん》体《たい》修《しゅう》飾《しょく》

〔一〕連体詞による修《しゅう》飾《しょく》

1 「連体詞」とは

「連体詞」というのは、名詞を修《しゅう》飾《しょく》する働きだけを持った、活用のない品詞のことである。いつでも名詞のすぐ前に現れ、文末には使えない。ただ、このような言葉は、あまり数は多くない。どの言葉をこの品詞に入れるかについては、学者の間でも意見が一致《いっち》していないが、口語でよく使われるものには、「この、その、あの、どの、こんな、そんな、あんな、どんな」などのコ・ソ・ア・ド指示詞のほかに、「ある、あらゆる、いわゆる、たいした、とんだ、大きな、小さな、いろんな、ほんの、ずぶの、例の」などがある。コ・ソ・ア・ド指示詞については、次節で説明する。その他の語の例を見よう。

(1) あの人の気持ちは、［ある］程度分かります。
(2) ［あらゆる］手を尽《つ》くしたんですが、だめでした。
(3) プロ野球チームの［いわゆる］外人輸入について、どうお考えですか。
(4) ［たいした］怪我《けが》じゃなくて、良かったですね。

(5) ［とんだ］ことになりました。
(6) ずいぶん［大きな］みかんですね。
(7) どんなに［小さな］動物でも魂《たましい》があるんだよ。
(8) 一口《ひとくち》にワープロと言っても、［いろんな］種類があります。
(9) お酒は［ほんの］少ししか飲めません。
(10) クラシックに関しては、［ずぶの］素人《しろうと》です。
(11) ［例の］件はどうなりましたか。

(4)に挙げた「たいした」は、「たいしたものです（ねえ）」などと言う時以外は、否定形と一緒《いっしょ》に使われるのが普通《ふつう》である。特に、「たいしたこと(は)ありません」というのは、よく聞くであろう。これに対応して、「たいして」という副詞として使われる言葉がある。これも、「たいして重くありません」「たいして寝《ね》ませんでした」のように、否定形と共に使われる。

形容詞の「大きい」「小さい」と違《ちが》って、(6)の「大きな」も(7)の「小さな」も活用がなく、文末に「大き(な)です」とか、テ形として「小さ(な)で」などということはできない。(8)の「いろんな」も、「いろいろな」が「いろいろです」とか「いろいろで」などと活用するのに対して、名詞の前の形しかない。「［小さな］［わらぶきの］家」とか「［いろんな］［家庭の］事情」などというように、連体詞と修飾《しゅうしょく》される名詞との間にほかの言葉が入ることもよくある。

(9)の「ほんの」、(10)の「ずぶの」は、「名詞＋の」と同じように使われるから「ほん」と「ずぶ」は名詞のように思うかもしれないが、普通《ふつう》の名詞が被修飾語《ひしゅうしょくご》にもなるのに対して、これらは、「～のほん」「～のずぶ」などとは決してならない。(11)の「例の」は、「あの」とか「この間話した」

とかいう意味で、「例文」などという時の「例」とは違《ちが》うものである。同じように、「ある」「あらゆる」「いわゆる」は動詞の連体形、「たいした」「とんだ」は過去形のように思われるかもしれない。語源を探ることは、確かに面白《おもしろ》いし役に立つが、まず大切《たいせつ》なことは、現代語で連体詞がどのように使われるかを学ぶことであろう。

練習問題一

次の文の［　］の中に、（　）の中から一番適切と思われる連体詞を一つ選んで入れて、連体詞がない場合とどんな違《ちが》いがあるかを考えなさい。

A　この間、お話ししたと思いますが、［①　　］田中《たなか》さんがお目にかかりに今日《きょう》伺《うかが》いたいと言っています。
（ある　例の　いわゆる）

B　そうですか、今日《きょう》は［②　　］人が来るので忙《いそが》しいんですが。
（いろんな　小さな　あらゆる）

A　長い時間じゃなくて、［③　　］ちょっとだけでいいと思います。
（とんだ　大きな　ほんの）

B　田中《たなか》さんには、［④　　］コンサートで会ったようにも思うんですが。
（ある　例の　いわゆる）

A　そうですか、［⑤　　］コンサートでしたか。
（いわゆる　大きな　たいした）

B　いや、［⑥　　］コンサートじゃなかったと思います。（たいした　小さな　とんだ）

A　［⑦　　］素人《しろうと》コンサートじゃありませんでしたか。（とんだ　ほんの　いわゆる）

B　そうです、そうです。素人《しろうと》コンサートだったけれど、［⑧　　］盛会《せいかい》でした。（大きな　たいした　とんだ）

A　田中《たなか》さんも彼《かれ》の［⑨　　］子供《こども》も、楽器《がっき》を演奏したでしょう。（ほんの　小さな　あらゆる）

　　田中《たなか》さんは［⑩　　］素人《しろうと》だけれども、クラリネットが上手《じょうず》でしょう。（ずぶの　大きな　とんだ）

B　そう、［⑪　　］曲じゃなかったと思いますが、上手《じょうず》でしたね。（小さな　とんだ　たいした）

A　じゃ、会わなかったけれど、田中《たなか》さんのことは知っていらっしゃるわけで……

　　［⑫　　］悪口《わるぐち》のようになりますが。（とんだ　ある　いわゆる）

B　そう［⑬　　］うろ覚えですけどね。（ある　いろんな　いわゆる）

　　せっかく、いらっしゃりたいんだから、ちょっとで良ければお会いしましょう。

A　ありがとうございます。じゃ田中《たなか》さんにそう伝えます。

〔二〕コ・ソ・ア・ド指示詞による修飾《しゅうしょく》

1　はじめに

「この、その……」、「こんな、そんな……」、「こういう、そういう……」などの言葉は第一節で説明した連体詞の一種で、いつも後に来る名詞を修飾《しゅうしょく》する。これに対して、「これ、それ……」、「ここ、そこ……」などは、それ自体が名詞として働くので、ここでは扱《あつか》わないが、コ・ソ・ア・ドの区別はどれも同じである。連体詞の場合と同じように、指示詞と修飾《しゅうしょく》される名詞との間に、ほかの修飾語《しゅうしょくご》が入ってもかまわない。次に少し例を挙げてみよう。

(1)　[この][大きな]靴《くつ》は誰《だれ》のでしょう。

(2)　A　彼《かれ》、婚約《こんやく》を破棄《はき》したいって言うんです。
　　B　えっ、[そんな][ひどい]ことを言ったんですか。

(3)　A　昨日《きのう》ホテルで火事があったっていうニュース、聞きましたか。
　　B　ええ、[ああいう]場合には、誰《だれ》だってあわてますよね。

2　「ソ」と「ア」の使い分け

コ・ソ・ア・ド指示詞の使い分けは、実際《じっさい》にその場にあるものを指し示す場合（眼前指示《がんぜんしじ》）と、話の中に現れる対象を指し示す場合（文脈指示《ぶんみゃくしじ》）とがある。眼前指示《がんぜんしじ》の場合の使い分けは、あまり問題はないと思うが、文脈指示《ぶんみゃくしじ》の方《ほう》はちょっと複雑だ。日本語を学ぶ外国人にとって特にやっかいなのは、「ソ」と「ア」の使い分けであろう。簡単にいうと、話し手も聞き手も共通に知っている場合には「ア」を使い、どちらか一方《いっぽう》だけが知っている場合には「ソ」を使う。このことを次の例文で確かめてみよう。「ソ」と「ア」を間違《まちが》えると、不自然になるから気を付けなければいけない。

(1)　A　夕べ遅《おそ》く知らない人から電話があったんですよ。
　　B　そうですか。それで、[その]人、何《なん》て言ったんですか。

(2)　A　大学時代にゴルフばっかりやっていて、全然勉強しなかった、鈴木《すずき》っていうやつ、覚えている？
　　B　ええ、もちろんよく覚えているわ。［あの］人、どうかしたの？
(3)　A　うちの近所《きんじょ》のお嬢《じょう》さん、この四月《しがつ》に銀行に入ったんだけど、［その］銀行で汚職《おしょく》が発覚《はっかく》したって、今朝《けさ》の新聞に出てたんですよ。
　　B　まあ、怖《こわ》い。どこの銀行ですか。
(4)　この間お宅からいただいた、［あの］お菓子《かし》、とてもおいしかったです。
(5)　A　私ももう年だから、そろそろ引退《いんたい》しようかと思っているんです。
　　B　えっ、［そんな］こと、おっしゃらないでください。

もちろん、例外的な使い方もある。たとえば、次の例文(6)と(7)のように、話し手だけが知っていることなのに、回想的に話をする場合によく「ア」が使われる。

(6)　孫　おばあちゃん、私、これ、いらない。
　　祖母　ぜいたく言っちゃだめ。戦争中は大変だったのよ。［あの］頃《ころ》は、食べるものなんか、全然なかったんだから。
(7)　秀樹《ひでき》君たら、すごい車、買ったんだよ。僕《ぼく》も［あんな］の、ほしいなあ。

眼前指示《がんぜんしじ》の場合、普通《ふつう》「コ」は近称《きんしょう》、「ソ」は中称《ちゅうしょう》、「ア」は遠称《えんしょう》と呼ばれている。右に挙げた(6)の例のように、遠い昔《むかし》を思い出して「あの」というのは分かるが、(7)の「あんな」の使い方を回想というのは、ちょっと無理かもしれない。このような場合には、話し手がある「車」を頭に思い浮《う》かべて、まるで聞き手もその「車」を見ているかのように仮定するため「ア」が使われる、と言った方《ほう》が適当であろう。この場合の「あの」も「あんな」も、「その」とか「そんな」に言い換《か》えられないというのは、面白《おもしろ》い問題だ。

「ソ」と「ア」の問題でもう一つ面白《おもしろ》いことは、次の例に示すように、「その時」というのは過去にでも未来にでも使えるけれども、「あの時」というのは過去にしか使えないということである。

(8)（過去）永井《ながい》さんはこの間来たけど、[その／あの] 時に髭《ひげ》を生《は》やしていたかどうか気が付かなかったわ。

(9)（未来）来週、会議があるから、[その] 時に提案してみるつもりだ。

3　書き言葉でのコ・ソ・ア・ド

今までは、主に話し言葉でのコ・ソ・ア・ド指示詞について話をしてきたが、ここで、書き言葉を見てみよう。「ソ」と「ア」の使い分けについて言えば、原則的には話し言葉の場合と同じである。小説や随筆《ずいひつ》などは、書き手が内容を一方的《いっぽうてき》に伝えるのであり、相手、つまり読者は扱《あつか》われている人物・場所などについて知らないということを当然としている。従って、何かを指し示す場合には、「ソ」の付く言葉を使うのが普通《ふつう》だ。「ア」の語を使うこともあるが、その場合は、筆者《ひっしゃ》が回想しているように感じられる。

次の例文の「その」を「あの」に換《か》えると、不自然である。作文を書くときには、こういうことにも注意してほしい。

(1)　先週末《まつ》、友達《ともだち》の家のパーティーに行った。[その] パーティーでとても面白《おもしろ》い人に会った。

(2)　郊外《こうがい》に念願の家を買った。「その」家は決して広くはないが、子供達《こどもたち》が嬉《うれ》しそうに庭を跳《は》ね回っているのを見た時、非常な満足感にひたった。

何かを読むときに、「コ」「ソ」「ア」の言葉が何を指しているのかを考えることが大切《たいせつ》なのは言うまでもない。「ソ」の付く言葉はたいていすぐ前に書いてあることを指す、と覚えておくと便利であろう。

4　コ・ソ・ア・ド指示詞による修飾《しゅうしょく》

ここで、コ・ソ・ア・ド指示詞の問題に戻《もど》ろう。「この」「そんな」「ああいう」などの言葉と修飾《しゅうしょく》される名詞との間に、ほかの言葉が入っても良いと前に述べたが、場合によっては、意味があいまいになることがある。たとえば、「この泥棒《どろぼう》を捕《つか》まえた警官は表彰《ひょうしょう》された」という文では、「この」が「泥棒《どろぼう》」を修飾《しゅうしょく》しているのか、「警官」を修飾《しゅうしょく》しているのか、はっきりしない。しかし、警官を修飾《しゅうしょく》している場合には、話す時に「この」の後にポーズを入れ、「泥棒《どろぼう》を捕《つか》まえた警官」を一息《ひといき》に言うのが普通《ふつう》である。書く時には、そのポーズを表すために読点《とうてん》「、」を入れて、意味をはっきりさせる。ただし、修飾《しゅうしょく》される語が、このように比較的《ひかくてき》すぐ後に来る言葉とは限らないし、読点《とうてん》がない場合もよくあるので、気を付けなければならない。

次の文を読んで、［　］で囲まれた「そんな」「そういう」「その」が何を修飾《しゅうしょく》するのか考えてみよう。

私は一枚の母の若いころの写真から［そんな］小説的空想さえもほしいままにしながら、

しかしそれ以上に突《つ》っ込《こ》んで、「そういう」母の若いころのことや、自分自身の生《お》い立ちなどについて人にきいてまでも、それを強《し》いて知ろうとはしなかった。私は小さいときからの性分《しょうぶん》で、ひとりでに自分に分かってきていることだけでもって十分《じゅうぶん》に満足して、「その」自分の知っている範囲《はんい》のなかだけで、自分の幼年時代を好きなように形づくって、それを愉《たの》しんでいることが出来たのだった。

（堀《ほり》　辰雄《たつお》「花を持てる女」）

一行目の「そんな」は、「小説的空想」（あるいは単に「空想」）を修飾《しゅうしょく》しているのであって、「小説」を修飾《しゅうしょく》しているのではないということは、すぐ分かると思う。つまり、「そんな小説的空想」（あるいは、「そんな空想」）というのは、意味的なまとまりを成しているが、「そんな小説」というのは、この場合不可能である。二行目の「そういう」に関しては、この文脈《ぶんみゃく》からあまりはっきりしないが、やはり、修飾《しゅうしょく》しているのは「母の若いころのこと」（あるいは「母の若いころ」）で、「母」ではないだろうと見当がつく。四行目の「その」は「自分の知っている範囲《はんい》」を修飾《しゅうしょく》していると考えるのがいいであろう。「その自分」というまとまり自体は、考えられないわけではないが、この場合は不自然である。

このように、コ・ソ・ア・ド指示詞がどの部分を修飾《しゅうしょく》しているのかを決めるのは、たやすいことではない。日本人の間でも、意見が別れることがよくある。場合によっては、分からなくても、全体の理解には差し支《つか》えない。しかし翻訳《ほんやく》をしたり、細かい構造的理解が必要な場合もあるので、何が何を修飾《しゅうしょく》しているのかを見極《みきわ》めるスキルを身に付けるのは大切《たいせつ》なことだ。それには、やはりいろいろな例に触《ふ》れて練習をするしかないであろう。

コ・ソ・ア・ド指示詞に関しては、厳密《げんみつ》に何を修飾《しゅうしょく》するかということより何を指すかということの方《ほう》が、全体の内容理解にも翻訳《ほんやく》の際にも、大切《たいせつ》だと言って良いくらいだ。だから、例の文の中の指示詞について、この観点から考えてみよう。

一行目の「そんな」は、ここには書いてないが、その前の文章なり段落なりに描写《びょうしゃ》されたことを指すのであろう。二行目の「それ」というのは、「(筆者《ひっしゃ》自身の)そんな小説的空想」を指し、「そういう」は前に述べられた描写《びょうしゃ》に言及《げんきゅう》している。三行目の「それ」は、「そういう母の若いころのことや、自分自身の生《お》い立ちなど」という意味である。四行目の「その」は英語などにある定《てい》冠詞《かんし》のような働きをしている。つまり、「自分の知っている範囲《はんい》」というのは「ひとりでに自分に分かってきていること」を言い換《か》えただけなのである。最後から二行目の「それ」は、「(筆者《ひっしゃ》が)好きなように形づくった自分の幼年時代」と取れる。

もちろん、こういう解釈にしても、個人差があり、ここで取り上げたのはその一つであるということを明記しておく。ただ、「ソ」の付く語は、いつも前に述べられたことに言及《げんきゅう》するということだけは、はっきりしたと思う。次の練習問題を修飾関係《しゅうしょくかんけい》だけでなく、意味内容も考えながらやってみよう。

練習問題二

一　次の［　］の中に、「この」「その」「あの」「どの」の中の一つを選んで入れなさい。

1　A　あっ、教科書持ってくるの忘れちゃった。

B　［　　］教科書?

A　日本語の。
B　［　　　］本？
A　そう、［　　　］本。

2　きれいな日本紙《にほんし》ですね、［　　　］ように作るか知っていますか。

3　中学生くらいまで、自分は養子《ようし》だと思っていた。今でも［　　　］頃《ころ》の気持ちをよく覚えている。

4　A　もしもし、山田《やまだ》さんをちょっとお願いします。
B　ああ、［　　　］方《かた》はもうここをおやめになりました。

5　A　もしもし、山田《やまだ》さん、いらっしゃいますか。
B　［　　　］山田《やまだ》でしょうか。
A　営業の山田《やまだ》さんですが。
B　ああ、［　　　］山田《やまだ》さんはもうここをおやめになりました。

二　次の文の傍線《ぼうせん》を引いた言葉の意味を考えなさい。

1　私は新しい女という名称はきらいである。殊更《ことさら》に新聞だの雑誌だので[a]それを非常に意味の違《ちが》った言葉にとっているから、[b]それを使うのがきらいである。字としても生硬《せいこう》であるから使うのがいやである。[c]そのいやな言葉を使って話をするのは、[d]その人々《ひとびと》に対して侮辱《ぶじょく》を加えるものである。

（高村光太郎《たかむらこうたろう》「女の生きて行く道」）

2　実際《じっさい》、よくいわれていることだが、日本人ほど外国に慣れていない国民もない。aこのことはいくら強調してもしすぎることはない。bこの島国に暮《く》らしているかぎり、日本以外のすべての文明は単色に染め抜《ぬ》かれた外国一般《いっぱん》なのである。

（西尾幹二《にしおかんじ》「個人と秩序《ちつじょ》の緊張関係《きんちょうかんけい》」）

3　今年《ことし》も、庭の椿《つばき》が七本、それぞれの色と花容に咲《さ》きついでいましたが、白椿《しろつばき》の中に「白牡丹《はくぼたん》」という銘《めい》の花があって、aこの白がすばらしい白なのです。花びらに独特のそりがあって、bそこに白さが深まるのでしょうか。

（岡部伊都子《おかべいつこ》「黒く咲《さ》く百合《ゆり》」）

右の1、2、3の傍線《ぼうせん》をしてある言葉を「これ」「あれ」「この」「その」「あの」「ここ」「あそこ」に言い換《か》えられるかどうか、そして、言い換《か》えられたら意味が変わるかどうか、考えてみよう。

三　次の文の意味と文脈《ぶんみゃく》の違《ちが》いを考えなさい。

1　a　その頃《ころ》私はまだほんの子供《こども》でした。
　　b　あの頃《ころ》私はまだほんの子供《こども》でした。

2　a　こんな話を聞いたことはありません。
　　b　そんな話を聞いたことはありません。
　　c　あんな話を聞いたことはありません。

〔三〕「名詞＋の」による修飾《しゅうしょく》

1 はじめに

第一章で見たように、ある名詞がほかの名詞を修飾《しゅうしょく》する場合には、いろいろな意味的なつながりが見られる。つまり、間に現れる助詞の「の」自体には何《なん》の意味もなく、二つ（あるいは、それ以上）の名詞を結び付ける働きをするだけである。だから、それぞれの語の持つ意味や文脈《ぶんみゃく》によって、その関係が決められる。大切《たいせつ》なことは、最後の名詞がその文中の文法的働きを担《にな》ったもの（つまり、本名詞）であり、前の名詞はそれを修飾《しゅうしょく》しているだけであるということである。極端《きょくたん》に言えば、修飾語《しゅうしょくご》というのは、取り除いても（形式名詞の場合は別であるが）文法的に正しい文が成り立つのである。もちろん、意味的にはっきりしなくなるが、このことこそ逆に言えば、修飾語《しゅうしょくご》の機能を示している。

それぞれの名詞の現れる順序は、構造の面から言っても非常に重要である。たとえば、（相対的《そうたいてき》な）位置を表す「上」とか「横」などの名詞と普通名詞《ふつうめいし》が「の」でつながれた場合も、どちらが先に来るかによって、意味がずいぶん変わる。「つくえの上」と「上のつくえ」を比べてみよう。前者では、「つくえのどこ」つまり「場所」が問題にされているのに対して、後者では「どこのつくえか」が問題にされており、二つのつくえが重なって置かれている時とか、二階のつくえを指す時などに、こういう言い方をする。これらの語句を文の中で見てみると、文法的に参加しているのは最後の本名詞であるということがはっきりする。次の例を見てみよう。

(1) a 辞書は［つくえの］上に置いてあります。

b ［上の］つくえを持って来てください。

c ［つくえの上の］辞書を持って来てください。

このように、修飾《しゅうしょく》について考えるとき、意味と構造の両方の面から検討《けんとう》することが必要である。

2 「名詞＋の＋名詞」の意味関係

まず、一つの名詞がもう一つの名詞を修飾《しゅうしょく》するものに限って、見てみよう。初めの名詞がいろいろな意味を表すということが分かる。

(1) a 行為者《こういしゃ》（「する人」）

子供《こども》の遊び、学生の参加、首相の発言、山本《やまもと》氏の解釈

b 対象

子供《こども》の服、言葉の解釈、本の出版《しゅっぱん》、荷物の運搬《うんぱん》

c 所属・部分

私のコンピューター、青葉大学《あおばだいがく》の教授、木の根、なべのふた

d 場所・位置

中国《ちゅうごく》の少数民族、応接間のいす、大阪《おおさか》のおじ、下のたな

e 時

十時の会議、三月《さんがつ》の休み、秋の祭り、先週の地震《じしん》

f 目的

卒業祝いのパーティー、掃除《そうじ》の道具、予防の注射

g　原因・理由
台風の被害《ひがい》、勝利の喜び、戦争の犠牲者《ぎせいしゃ》

h　手段
バスの旅行、電話の通信、日本語の会話

i　材料
紙の飛行機、ガラスのコップ、毛皮《けがわ》のコート、魚の料理

j　内容
日本史の本、セメントの工場、野球の試合、人口増加の問題

k　様子《ようす》・性質
厚手の生地《きじ》、純白《じゅんぱく》のウェディングドレス、裸《はだか》の子供《こども》

l　数量
三びきの子豚《こぶた》、五人の目撃者《もくげきしゃ》、一つの目安《めやす》、長年《ながねん》の努力

このほかにもいくつか考えられるが、代表的なのはこれぐらいであろう。ただし、一つの語句がいろいろに解釈できる場合がよくあるということも、覚えておきたい。たとえば、「母の写真」というのは、「母が写した写真」（行為者《こういしゃ》）とも「母が写っている写真」（対象）とも、また「母が持っている写真」（所属）とも取れる。たいていの場合は、文脈《ぶんみゃく》によって意味がはっきりするが、あいまいさを避《さ》けるためによく使われる方法については、後で詳《くわ》しく見ることにする。

右の例に挙げられていないもののうち、同格は特殊《とくしゅ》なので、ここで特に取り上げたいと思う。た

とえば、「花子《はなこ》さんの友達《ともだち》」（所属）と「友達《ともだち》の花子《はなこ》さん」（同格）というのを考えてみよう。前者は「花子《はなこ》さんが付き合っている友達《ともだち》」と言い換《か》えることができるが、後者は「友達《ともだち》である花子《はなこ》さん」という意味である。同格の例をもう少し見てみよう。

(2) A 「父は今、河村《かわむら》さんとちょっと出掛《でか》けているんです。」
　　B 「ああ、あの［弁護士の］河村《かわむら》さんですか。」

(3) ［昨日《きのう》の］日曜日《にちようび》は一日中《いちにちじゅう》良い天気で、花見客がつめかけました。

(4) 遅《おそ》くなったので、［デザートの］メロンを食べる時間がなかった。

右の例で、語順を逆にすると、意味がかなり変わることに気が付く。(2)の「河村《かわむら》さん」は弁護士だが、「［河村《かわむら》さんの］弁護士」という場合には違《ちが》う。(4)では「デザートとしてのメロン」の話をしているが、「［メロンの］デザート」と言うと、「メロンを使って作ったデザート」ということになる。「［昨日《きのう》の］日曜日《にちようび》」とか「［明日《あした》の］土曜日《どようび》」とか「［あさっての］休み」とかいう表現はよく使われるが、語順を逆にしたのはそれほど使われない。同格の句は特に間違《まちが》いやすいから、気を付けなければならない。

3　二つ以上の名詞による修飾《しゅうしょく》

先に挙げた「つくえの上の辞書」という例のように、名詞を二つあるいはそれ以上重ねた場合の修飾句《しゅうしょくく》と被修飾語《ひしゅうしょくご》の意味関係は、名詞一つが修飾《しゅうしょく》する場合の延長に過ぎない。本名詞はやはり最後の名詞である。次の例を見て、それぞれの意味上の関係を考えよう。

(1)　「「私の」「日本語の」先生の」ワープロを使わせていただいた。
(2)　「「東京《とうきょう》の」「数々《かずかず》の」「ビルの」持ち主の」田中《たなか》氏がいらっしゃいました。

まず(1)を見ると、「日本語」は「先生」の内容を表し、「私」と「日本語の先生」（あるいは、「先生」）との関係は、広い意味での所属と言えるであろう。もちろん、「私の日本語の先生」は「ワープロ」の所属先である。語順を換《か》えて、「私の先生の日本語のワープロ」というと、「先生」が何を教える人かは分からないが、「ワープロ」は日本語のであるということになる。この場合、意味のまとまりも「「私の先生の」「日本語の」ワープロ」という形に変わる。(2)では、「数々《かずかず》」は「ビル」の数量を、「東京《とうきょう》」は「数々《かずかず》のビル」の場所を、「東京《とうきょう》の数々《かずかず》のビル」は「持ち主」の対象（つまり、「何を持っているか」）を表している。そして、「東京《とうきょう》の数々《かずかず》のビルの持ち主」全体は、「田中《たなか》氏」と同格に係《かか》わっている。

4　語　順

名詞が二つの場合、語順を換《か》えると、意味が通じなくなるか、すっかり変わるかする。というのは、最後に現れていた本名詞が、本名詞でなくなるからである。しかし、三つ以上の場合、本名詞の位置さえ換《か》えなければ、語順を換《か》えても意味が変わらないことがある。たとえば、特にどこも強調しないで発音した場合には、「橋本《はしもと》さんの軽井沢《かるいざわ》の別荘《べっそう》」と言っても「軽井沢《かるいざわ》の橋本《はしもと》さんの別荘《べっそう》」と言っても、同じである。どちらも、「橋本《はしもと》さんが持っている、軽井沢《かるいざわ》にある別荘《べっそう》」という事実を表明する。つまり、次の(1)aのように修飾語《しゅうしょくご》が並列的《へいれつてき》に本名詞を修飾《しゅうしょく》している場合には、語順を換《か》えることが許されるわけである。

(1)
a　[橋本《はしもと》さんの]　[軽井沢《かるいざわ》の]　別荘《べっそう》
b　[橋本《はしもと》さんの]　《[軽井沢《かるいざわ》の]　別荘《べっそう》》
c　[軽井沢《かるいざわ》の]　《[橋本《はしもと》さんの]　別荘《べっそう》》

しかし、場合によっては、修飾語《しゅうしょくご》の語順が非常に大切《たいせつ》になってくる。たとえば、「橋本《はしもと》さん」があちらこちらに別荘《べっそう》を持っていて、そのうちの軽井沢《かるいざわ》にあるのに行ったのであるということを言いたい場合は、bの語順を使い、「軽井沢《かるいざわ》」を強調して言うことが多いであろう。ただし、cでも、「軽井沢《かるいざわ》」を強調して発音すれば、その意味に取ることができないことはない。逆に、軽井沢《かるいざわ》には友達《ともだち》の別荘《べっそう》がたくさんあるが、そのうちの「橋本《はしもと》さん」のに行ったのであるということを言いたい場合には、cの語順の方《ほう》が自然である。この時、「橋本《はしもと》さん」を強調して発音する。

一方《いっぽう》3—(1)の「私の日本語の先生のワープロ」という例では、本名詞以外の語でも、順序を換《か》えることによって、意味が変わるということを見た。意味の単位というものが、語順を換《か》えることを許すかどうかの鍵《かぎ》を握《にぎ》っていそうだ、と考えられるが、もう少し詳《くわ》しく見てみよう。この例はそのままの語順だと、意味の単位は、「[私の日本語の先生の]ワープロ」である。言い換《か》えれば、「私の」「日本語の」「先生の」が並列的《へいれつてき》に「ワープロ」を修飾《しゅうしょく》しているのではなく、一つのまとまり(つまり、修飾句《しゅうしょくく》)を成しているのである。そして、その中では、「私の」が「日本語の先生」を修飾《しゅうしょく》しており、「先生」が本名詞の働きを持っている。従って、「私の先生の日本語のワープロ」というように語順を換《か》えるということは、修飾句《しゅうしょくく》の中の本名詞の位置を換《か》えることになり、意味が変わってしまうわけなのである。

先に挙げた3―(2)の「東京《とうきょう》の数々《かずかず》のビルの持ち主の田中《たなか》氏」の例についても、この観点からもう一度考えると、同じような結果《けっか》が得られる。まず、「東京《とうきょう》の数々《かずかず》のビル」が、一つの意味的単位を作っているのは明らかである。「東京《とうきょう》の」が「数々《かずかず》のビル」を修飾《しゅうしょく》しているとも考えられるし、「東京《とうきょう》の」と「数々《かずかず》の」が、並列的《へいれつてき》に「ビル」を修飾《しゅうしょく》していると考えても差し支《つか》えない。だから、「数々《かずかず》の東京《とうきょう》のビル」と順序を換《か》えて言っても、意味は変わらない。ところが、その修飾《しゅうしょく》句の中の本名詞である「ビル」を動かすと、「ビルの数々《かずかず》の東京《とうきょう》」のようにおかしなことになってしまう。次に、「持ち主」を動かして、「持ち主の《東京《とうきょう》の数々《かずかず》のビルの》田中《たなか》氏」などとすると、これも意味が通じない。なぜなら、「東京《とうきょう》の数々《かずかず》のビルの持ち主」という意味のまとまりがあり、それ全体で「田中《たなか》氏」を修飾《しゅうしょく》しているわけであるから、その中の本名詞である「持ち主」の位置を動かすことは許されないのである。

　このように、（修飾《しゅうしょく》句内外のどのレベルであれ、）本名詞の位置を換《か》えると意味が変わったり、意味が通じなくなったりするということがはっきりしたと思う。

5　固有名詞に現れる「の」

　私達《わたしたち》のまわりを見まわすと、「木下《きのした》」「井上《いのうえ》」「二宮《にのみや》」などの人名《じんめい》や、「城《き》の崎《さき》」「天《あま》の橋立《はしだて》」などの地名に、「の」の付くものがかなりあることに気が付く。こうした固有名詞に現れる「の」の使い方で、歴史や文学を勉強する時などに役立つと思われる例があるので、いくつか紹介《しょうかい》しよう。

　一つは、「古事記《こじき》」や「日《に》本紀《にんぎ》」などの神話の中に出てくる、日本の神の名前である。神名《しんめい》は「～神」「～命」「～尊」というように書かれているが、それを読む時は、「の」を入れるのが普通《ふつう》である。たとえば、「天之御中主神」は「あまのみなかぬしのかみ」、「国常立尊」は「くにのとこたちのみこと」、「天穂日命」は「あまのほひのみこと」というように読む。「古事記《こじき》」や「日本紀《にほんぎ》」に出てくる天皇《てんのう》の名前も、国風のおくりなでは、「〜の天皇《すめらみこと》」というように「の」を入れる。従って、「神武天皇《じんむてんのう》」、つまり「神日本盤余彦天皇」は、「かむやまといわれびこのすめらみこと」と呼ばれるのである。

歴史的人物の名前でも、「藤原道長《ふじわらのみちなが》」「源　義経《みなもとのよしつね》」などのように、姓と名の間に「の」を入れることがよくある。これは、「ある家族に属する」あるいは「ある家族の子孫である」ということによって、自分が誰《だれ》であるかを、相手にはっきりさせるためであろう。いつ「の」を使うかは、習慣に従うほかない。ただし、このような言い方はだいたい十三世紀ぐらいまでで、その後はほとんど使われなくなったから、「の」を入れなくても間違《まちが》いではない。

6　「名詞＋助詞＋の」による修飾《しゅうしょく》

先に、「名詞＋の」という修飾語《しゅうしょくご》と次の名詞との意味的係《かか》わり合いが、あいまいになることがあると述べた。そういうあいまいさを避《さ》けるための一つの手段として、「の」の前にもう一つ助詞を付け加えることがある。たとえば、「父の手紙《てがみ》」と言うだけでは、「父からもらった手紙《てがみ》」なのか「父に宛《あ》てて書いた手紙《てがみ》」なのかがはっきりしない。こんな場合、前者を「父からの手紙《てがみ》」、後者を「父への手紙《てがみ》」などと言って、区別することができる。しかし、いつでもこの方法を使えばいいというわけではなく、前にあいまいな例として挙げた「母の写真」は、「母が写っている写真」とか「母が持っている写真」などと、節による修飾《しゅうしょく》を使わなければならない。

また、「名詞＋助詞＋の」という修飾句《しゅうしょくく》を使うのは、あいまいさを避《さ》けるためだけではない。実際《じっさい》には、「の」の前に助詞がなければ、意味が全く違《ちが》ってしまうので、助詞を入れなければならないという場合の方《ほう》が多いであろう。たとえば、「奈良《なら》の電車」というのは、普通《ふつう》「奈良《なら》を走っている電車」という意味であるが「奈良《なら》からの電車」は「奈良《なら》から来る電車」、「奈良《なら》までの電車」は「奈良《なら》まで行く電車」、というように、「から」も「まで」もなくてはならないものである。このような場合は、動詞を省いても文脈《ぶんみゃく》から分かるので、「来る」「行く」などの代わりに助詞の「の」が使われていると考えた方《ほう》が良いかもしれない。（接尾語《せつびご》を使って、「奈良発《ならはつ》の電車」、「奈良行《ならゆき》の電車」などと言うこともできる。）簡潔明瞭《かんけつめいりょう》を目指《めざ》す新聞の見出しに、「名詞＋助詞＋の」が多く使われるのもよく分かる。一方《いっぽう》、単に言い方の相違《そうい》に過ぎないという場合もある。たとえば、「寮《りょう》での生活」と言っても、「寮《りょう》の生活」と言っても、誤解は生まれないが、前者の方《ほう》が改まって聞こえ、より書き言葉的である。では、もっと例を見てみよう。

(1)

a　竹内《たけうち》氏は、[先月《せんげつ》からの] 支払《しはら》いが遅《おく》れている。

b　[土曜日《どようび》までの] 予定は決まっています。

c　[ここから下宿《げしゅく》までの] 距離《きょり》はどのくらいですか。

d　[一時から五時までの] 面会時間内に来てください。

e　[山陰《さんいん》への] 旅は忘れられないものとなった。

f　[与党《よとう》への] 挑戦《ちょうせん》に意欲を燃やす。

g　[ヨーロッパでの] 経験は貴重だ。

h　[日本語での] やりとりには、不自由しなくなりました。

i　[地下鉄での] 通勤は、時間的には良いが、経済的には高くつく。

j　[外国人との] 結婚《けっこん》について、どう思いますか。

k ［学者と業者との］仲たがいは醜《みにく》い。
l あの会社は［一億もの］利益を上げたそうだ。
m ［地元関係者ばかりの］集まりになった。
n これは、［ここだけの］秘密なんですけど。
o 努力すれば、誰《だれ》でも［それだけの］報いが期待できる。

a、b、f、jは、「の」の前の助詞がなければ、意味が明らかに変わってしまう例である。それぞれ、「先月《せんげつ》の支払《しはら》い」、「土曜日《どようび》の予定」、「与党《よとう》の挑戦《ちょうせん》」、「外国人の結婚《けっこん》」と比べてみるとよく分かるであろう。cの場合は、「ここから下宿《げしゅく》の距離《きょり》」と言えないこともなさそうだが、「まで」が付く方《ほう》が自然である。これに対して、dは「一時から五時の面会時間」というように、「まで」がなくても、意味がぼやけるということはない。これは、単なる言い方の違《ちが》いという場合の例である。このほか、g〜iもこれと同じで、「ヨーロッパの経験」、「日本語のやりとり」、「地下鉄の通勤」と言っても同じである。なお、gの「で」は行為《こうい》が行われる場所を表すが、h、iの「で」は方法・手段を表している。

eは、あいまいさを避《さ》けるために助詞を入れた例である。つまり、「山陰《さんいん》の旅」と言ったのでは、「山陰《さんいん》へ行った旅」なのか「山陰《さんいん》を回った旅」なのかはっきりしないが、「山陰《さんいん》への旅」と言うと、前者だということが分かる。同様にkの「と」をなくして、「学者と業者の仲たがい」と言うと、普通《ふつう》は「学者と業者の間の仲たがい」と取るが、「学者同志の仲たがいと業者同志の仲たがい」とも取れないことはない。

lの「も」を取り除いて、「一億の利益」と言い換《か》えても、実質《じっしつ》内容は変わらないが、話し手が一億は多いと思っているというニュアンスが失われる。mも同様で、「ばかり」（「だけ」でも同じ）を取り除くと、「地元関係者以外の人達《ひとたち》が参加しなかった」という事実を強調する効果《こうか》がなくなってしまう。nの「ここだけの話」というのはよく使う表現なので、覚えておくと便利であろう。oの「それだけ」は「それしかない」という意味ではなく、「それに値する」という意味で、これも役に立つ表現であろう。

7　「名詞＋助詞＋動詞テ形＋の」による修飾《しゅうしょく》

二つの名詞の意味的関係をはっきりさせるために、名詞と「の」の間に「について」や「として」などの句を付け加えることもある。たとえば、「女性の話」と言うだけでは、「女性が話をする」のか「女性について話をする」のかはっきりしないが、「女性についての話」と言えば、後者であることが分かる。このような句の付いた表現は、かなり改まった言い方に聞こえ、特に書き言葉によく使われる。次の例を見てみよう。

(1)
a　「指導者としての」資格を備えている。　（＝「指導者の資格」）
b　「古美術《こびじゅつ》についての」本を読んだ。　（＝「古美術《こびじゅつ》の本」）
c　「仏教《ぶっきょう》に関しての」研究をしている。　（＝「仏教《ぶっきょう》の研究」）
d　「国民に対しての」責任がある。　（＝「国民への責任」）
e　「地震《じしん》によっての」被害《ひがい》は膨大《ぼうだい》なものとなった。　（＝「地震《じしん》の被害《ひがい》」）
f　「ワシントンにおいての」首脳会談が終わった。　（＝「ワシントンでの首脳会談」）

右の例はすべて、「助詞＋動詞テ形」という合成句に「の」が付いたものである。「の」が付かない場合は、副詞として後に来る動詞を修飾《しゅうしょく》するわけであるが、その例は後で見ることにする。a～fの句それぞれに対応して、「に関する」、「に対する」、「による」、「における」という句がある。意味は同じだが、動詞の終止形が使われるので、「[国民に対する]責任」とか「[ワシントンにおける]首脳会談」のようになる。「の」を使わないということに、特に注意されたい。

なお、「による」と「によっての」を比べると、前者の方《ほう》が使用範囲《しようはんい》が広く、「エジソンによる発明」とか「毛沢東《もうたくとう》による革命」などというのはよく聞くが、「エジソンによっての発明」とか「毛《もう》沢東《たくとう》によっての革命」というのは、少し不自然に聞こえる。これらの「による」は、行為者《こういしゃ》を表しているが、ほかの意味を表す場合も、だいたい同じことが言える。たとえば、「恒例《こうれい》によるテニス大会」「旧暦《きゅうれき》によるお盆《ぼん》」などでは「～に則《のっと》る・従う」という意味を表し、「病気による欠席」「株価暴落による不況《ふきょう》」などでは原因・理由を表しているが、どれも「によっての」で言い換《か》えない方《ほう》が安全である。ほかの言葉では、対応する句との間にこのような差はない。

練習問題三

一　次の傍線《ぼうせん》の引かれた部分の違《ちが》いを考えなさい。

1　a　英語の本を買って来ました。
　　b　本の英語は会話の英語と少し違《ちが》います。

2　a　向こうの山には桜《さくら》の木が沢山《たくさん》あります。
　　b　山の向こうにきれいな湖があります。

3　a　先生のお話を聞きました。
　　b　お話の先生がいらっしゃいました。

4　a　前の家は誰《だれ》のですか。
　　b　家の前にバスストップがあります。
5　a　太郎《たろう》の友達《ともだち》はいい車を持っています。
　　b　友達《ともだち》の太郎《たろう》はロックミュージックが好きです。
6　a　会社のコンピューターをよく使います。
　　b　コンピューターの会社は競争が激《はげ》しいです。
7　a　本の漢字を全部覚えてください。
　　b　漢字の本がほしいんです。
8　a　木の椅子《いす》は座りにくいです。
　　b　椅子《いす》の木は樫《かし》だと思います。
9　a　友達《ともだち》のお父《とう》さんは野球が大好きです。
　　b　お父《とう》さんの友達《ともだち》も野球が大好きです。
10　a　その上の雑誌を取ってください。
　　b　雑誌の上にコップを置かないでください。

二　次の句の初めの名詞の意味は何か。二六～二七ページにあるa～lを見て答えなさい。

1　クルーザーの旅
2　プラスチックの皿《さら》
3　学生の考え
4　ヨーロッパの北
5　車の修理
6　ホテルの建設
7　母の着物
8　五月《ごがつ》のゴールデンウィーク

9 三人の友達《ともだち》
10 試験の苦しさ
11 緑の山
12 ペレストロイカの記事

三 次の文の違《ちが》いを考えなさい。

1 a 父の手紙《てがみ》を読んだ。
 b 父への手紙《てがみ》を読んだ。
2 a 大阪《おおさか》の電車は速いですか。
 b 大阪《おおさか》までの電車は速いですか。
3 a 今度の日曜日《にちようび》の予定はありますか。
 b 今度の日曜日《にちようび》までの予定はありますか。
4 a ヨーロッパの旅は楽しかった。
 b ヨーロッパでの旅は楽しかった。
5 a 学校の行事に参加しますか。
 b 学校での行事に参加しますか。

四 次の文の中に、（ ）の中の言葉を修飾語《しゅうしょくご》、被修飾語《ひしゅうしょくご》のいずれかとして入れて、文を書き直しなさい。作った名詞句に適当な助詞を付けることを忘れないように。（／は複数解答のどれもが適当なことを示す）

例 昨日《きのう》散歩《さんぽ》しました。　（あそこ　公園）
↓昨日《きのう》あそこの公園を（へ／で／まで）散歩《さんぽ》しました。

1 今日《きょう》来ました。（ミテランさん　フランス人）
↓（　　　　　　　　　　　　）

2 あの人は食べました。（えび　てんぷら）
↓（　　　　　　　　　　　　）

3 友達《ともだち》と泳ぎました。（前　家　海）
↓（　　　　　　　　　　　　）

4 時々《ときどき》ビデオを見ます。（L・L　私　学校）
↓（　　　　　　　　　　　　）

5 母は買いました。（ウール　洋服　輸入　きれいな）
↓（　　　　　　　　　　　　）

6 聞きました。（首相　議会　答弁　短い）
↓（　　　　　　　　　　　　）

7 これを届けてください。（兄《にい》さん　会社　山中《やまなか》さん　オフィス　秘書）
↓（　　　　　　　　　　　　）

8 考えを話しました。（女性　現代　としての　日本）
↓（　　　　　　　　　　　　）

9 研究をしている。（これから　日本経済　方向　に関しての）
↓（　　　　　　　　　　　　）

10 ニュースを聞きました。（会談　においての　米ソ首脳　モスクワ　結果《けっか》）
↓（　　　　　　　　　　　　）

〔四〕形容詞による修飾《しゅうしょく》

1　はじめに

第一章の会話文に、「良い物」、「きれいな人」という例があったことを覚えていると思う。このような、一つの形容詞が名詞を修飾《しゅうしょく》する基本的な構造に関しては、問題がないと思うので、その他の構造に焦点《しょうてん》を合わせることにする。なお伝統的な国語文法では、「良い」のような語を「形容詞」、「きれいな」のような語を「形容動詞」と分類しているが、ここでは前者を「イ形容詞」、後者を「ナ形容詞」とし、どちらも形容詞として扱《あつか》う。

形容詞は、ある人、物、事柄《ことがら》の状態や性質、およびそれらに対する感情や感覚などを表現する。イ形容詞は、比較的その数が少ないのに対し、ナ形容詞は多くの漢語を含《ふく》み、語彙《ごい》数が豊富《ほうふ》である。どの言葉がイ形容詞になり、どの言葉がナ形容詞になるのか、意味の上から区別することはできないが、外来語の形容詞は普通《ふつう》ナ形容詞になると覚えておくと便利であろう。たとえば、「ハンサムな人」とか「デラックスなホテル」のように、名詞の前では「な」が使われる。また「ナウい」のような最近の表現は、その基本原則を破ることによって、言葉の妙《みょう》、斬新《ざんしん》さをねらったものと考えられる。

普通《ふつう》の形容詞は、名詞の前にも文末にも使われるが、「多い」と「少ない」は特別で、文末にしか使われないので注意しよう。つまり、「店が多い」、「学生が少ない」などと言うのはいいけれども、「多い店」とか「少ない学生」などとは言わない。ただし、「少ない」は、「少ない月給《げっきゅう》の中から仕送りをした」などのように、名詞の前に使われることもあるが、これは例外である。

2　二つの形容詞による修飾《しゅうしょく》

二つの形容詞が名詞を修飾《しゅうしょく》するのには、イ形容詞同志あるいはナ形容詞同志を組み合わせても良いし、ミックスすることも自由である。その場合、初めの語をテ形に変えることもあるが、テ形を使わずにそのまま二つ並《なら》べることもできる。左の(1)aではイ形容詞のテ形「くて」が使われており、(2)aではナ形容詞のテ形「で」が使われている。(1)bと(2)bはテ形を使わない例である。もちろん文末では、(1)cのように、初めの形容詞をテ形にしなければならない。

(1)　a　〔大きくて、立派《りっぱ》な〕家に住んでいます。
　　b　〔大きい、立派《りっぱ》な〕家に住んでいます。
　　c　家は大きくて、立派《りっぱ》です。（「家は大きい、立派《りっぱ》です」とは言えない）
(2)　a　〔おだやかで、やさしい〕人が好きです。
　　b　〔おだやかな、やさしい〕人が好きです。

名詞を修飾《しゅうしょく》する場合でも文末に現れる場合でも、テ形を使うとき、どんな形容詞を組み合わせるか、また、どちらの形容詞を先に言うかということが大切《たいせつ》になる。それは、テ形を使うことによって、「～で、しかもその上、～」という付加《ふか》の意味、あるいは「～で、それだから～」という理由の意味が表されるからである。そのどちらにも取れない場合、たとえば、「高くて、赤いスカート」（あるいは「赤くて、高いスカート」）は、テ形を使っているので不自然に聞こえる。「高い」という値段に対する主観的《しゅかんてき》意見《いけん》と「赤い」という色の客観的《きゃっかんてき》描写《びょうしゃ》に、何《なん》の関係もないからであろう。これに対して、「赤くて、おいしいトマト」は、「赤く熟していて、それだから、おいしい」という意味で、テ形が理由を表すし、また「高くて、まずいトマト」というのは、「高いというマイナスの要素があり、しかもその上に、まずいというマイナスの要素もある」という付加《ふか》の意味を表しており、どちらも自然である。では、これらの組み合わせの順序を反対にすると、どうなるであろうか。「おいしくて、赤いトマト」というのはあまり言わないが、「まずくて、高いトマト」は「まずくて、しかも高い」という意味に取れ、かまわない。一方《いっぽう》、「大きくて、恐《おそ》ろしい怪物《かいぶつ》」という例を考えると、付加《ふか》と理由のどちらの意味にも取ることができる。組み合わせの順序が大切《たいせつ》であることを表す最も極端《きょくたん》な例は、「良い」という言葉で、「静かで、良いアパート」とか「安くて、良い店」などとはよく言うが「良くて、静かなアパート」とか「良くて、安い店」など、「良くて～」とは言わない。

今までに挙げた例の中で、組み合わせが自然なものは、いずれも「赤い、おいしいトマト」とか「静かな、良いアパート」のように、テ形を使わずに言うこともできる。そればかりでなく、「おいしくて、赤いトマト」は不自然なのに、「おいしい、赤いトマト」というのは別にかまわない。この場合、「おいしい」と「赤い」が並列的《へいれつてき》に「トマト」を修飾《しゅうしょく》しているとも取れるし、「おいしい」が「赤いトマト」という一つのまとまりを修飾《しゅうしょく》しているとも取れる。テ形を使わない句は、たいていこのように二通りの解釈がある。これに対して、「赤くて、おいしい」などのようにテ形で結ばれた句は、それ全体で後に来る名詞を修飾《しゅうしょく》する、とだけ解釈できる。

「赤い、高いスカート」は、テ形がなくてもやはり不自然に聞こえるし、「良い、静かなアパート」や「良い、安い店」も不自然である。前者に関しては、「赤い、短いスカート」にすると良くなるということから、形容詞がどちらも状態を描写《びょうしゃ》する言葉なら、組み合わせが可能だと考えられる。「良い」の場合は、テ形があってもなくても、常に組み合わせの後に現れると言っても良いだろう。

ただし、テ形があるかどうかに関係なく、「白くて、黒いテレビ」とか「赤い、青い旗」などというように、同じ概念《がいねん》（「色」）に属している違《ちが》う性質を表す形容詞を組み合わせることはできない。こういう場合は、「白黒のテレビ」、「赤と青の旗」というように、名詞を使う。また、「世の中には、良くて、悪い人間がいる」、「速くて、遅《おそ》い電車がある」などというのは明らかに矛盾《むじゅん》しており、「世の中には、良い人間も悪い人間もいる」とか「速い電車も遅《おそ》い電車もある」というのが、正しい言い方である。

3　「〜くて」と「〜く」

書き言葉では、イ形容詞の「〜くて」の代わりに「〜く」が使われることがある。たとえば、「大きくて、恐《おそ》ろしい」は「大きく、恐《おそ》ろしい」となる。ここで注意しなければならないのは、「恐《おそ》ろしく」とか「すばらしく」、「ひどく」、「すごく」などの言葉は、もともと形容詞として持つ意味のほかに、次に来る言葉の程度を強める働きも持っていることを覚えておかなくてはならない。たとえば、「恐《おそ》ろしく大きいサンドイッチ」とか「すごく難しい問題」などの例では、「恐《おそ》ろしく」、「すごく」が「非常に」あるいは「とても」という意味を表している。これ以外にも、形容詞の「〜く」の形はいろいろな機能を持っているので、「〜くて」はいつも「〜く」に換《か》えられるが、その逆、即《すなわ》ち「〜く」を「〜くて」に換《か》えられるとは限らないのである。なお、ナ形容詞には書き言葉でも、テ形の「で」に換《か》わるもの（つまり「〜く」に対応するもの）はない。

4　三つの形容詞による修飾《しゅうしょく》

「白くて、小さくて、かわいいねこ」のように、形容詞が三つ組み合わさった句について考えてみよう。この例および「小さくて、白くて、かわいいねこ」のように「かわいい」が最後に来るのが一番自然に聞こえる。「小さくて、かわいくて、白いねこ」とか「白くて、かわいくて、小さいねこ」のように、「かわいい」が二番目に来るのは、言わないこともないが、「かわいくて、白くて、小さいねこ」とか「かわいくて、小さくて、白いねこ」とはあまり言わない。これは、「かわいい」というのが、普通《ふつう》「小さい」とか「白い」とかいう客観的事実《きゃっかんてきじじつ》に基づいている主観的意見《しゅかんてきいけん》だからであろう。つまり、「白くて、小さい」のテ形は付加《ふか》の意味に取れ、組み合わせの順序を逆にしても同じであるが、「小さくて、かわいい」とか「白くて、かわいい」のテ形は理由を表しているので、順序を換《か》えるとおかしくなるわけである。

結局《けっきょく》、テ形は形容詞を二つ重ねた時もそれ以上重ねた時も、付加《ふか》か理由を表すと言える。テ形を使わないで形容詞を並列《へいれつ》する場合は、順序がかなり自由になり「かわいい、白い、小さいねこ」などと言うことができる。

5　形容詞と名詞による修飾《しゅうしょく》

「大きい国の問題」では、修飾《しゅうしょく》部分の中に形容詞も名詞もある。これは、

①「大きい」と「国の」が並列的《へいれつてき》に「問題」を修飾《しゅうしょく》し、「国の、大きい、問題」と語順を換《か》えて言っても同じ。

②「大きい」が「国の問題」を修飾《しゅうしょく》している。

③「大きい国の」が「問題」を修飾《しゅうしょく》している。

と言うように三通りの解釈ができる。こうして見ると、形容詞と名詞でできている修飾句《しゅうしょくく》も、前

述した二つ以上の名詞でできている修飾《しゅうしょく》句と同じようにあいまいさが生じるということが分かる。

この「大きい国の問題」や「小さい子供《こども》の靴《くつ》」のような、「形容詞＋名詞の＋名詞」でできている句は、形容詞が初めの名詞を修飾《しゅうしょく》するのか、最後の名詞を修飾《しゅうしょく》するのか、はっきりしないことがよくある。後者の場合なら、「国の大きい問題」とか「子供《こども》の小さい靴《くつ》」のように、修飾《しゅうしょく》する形容詞と修飾《しゅうしょく》される名詞とを続けて言うと、間違《まちが》いが起こらない。また、「大きい、国の問題」、「小さい、子供《こども》の靴《くつ》」のように、間にポーズを入れるのも効果的《こうかてき》である。ただし、「楽しい子供《こども》の遊《ゆう》園地《えんち》」とか「便利な小学生の漢字字典」、「おいしい秋のさんま」などの例では「楽しい子供《こども》」、「便利な小学生」、「おいしい秋」が意味のまとまりを作っているという解釈はしにくいので、語順を換《か》える必要もないし、ポーズがなくても誤解は生まれない。

「形容詞＋名詞＋形容詞＋名詞」で成る句は、

①〔形〕〔名〕〔形〕名
②〔形＋名〕〔形〕名
③〔形〕〔名＋形〕名

という三通りの修飾構造《しゅうしょくこうぞう》が考えられる。（このほかに、「形＋名」が「形＋名」を修飾《しゅうしょく》すると考えられる場合もあるが、それは②と区別しにくいので、別に扱《あつか》わない。）①と解釈できるものには、「新しい羽毛《うもう》の暖かいコート」とか「長い数学の難しい試験」などがある。これらの「新しい」や「長い」は、「羽毛《うもう》」、「数学」に係《かか》るのではなく、それぞれ「コート」、「試験」を修飾《しゅうしょく》するということが、直感的に頭に浮かぶ。この①の例は数が少なく例外的である。一方《いっぽう》、②は、「頑固《がんこ》な父親の古い考え」、「貧しい住民のささやかな願い」など例がいくらでもある。「美しい女性作家の悲しい小説」とか「広いマンションの便利な台所《だいどころ》」などは、①なのか②なのか、すぐに決めにくい。「新しい羽毛《うもう》」や「長い数学」などの組み合わせと違《ちが》って、「美しい女性作家」、「広いマンション」というのには、全然問題がないからである。しかし、もし「美しい」や「広い」が最後の名詞に係《かか》るのだとしたら、「女性作家の美しい悲しい小説」、「マンションの広い便利な台所《だいどころ》」という語順で言う方《ほう》が自然であるし、聞き手に対して親切である。従って、これらも、②の構造を持っていると考えるべきであろう。③は、「まっ黒な格好の良いジーンズ」とか「親切な心の広い人」のように、「格好の良い」、「心の広い」など、「名詞＋形容詞」の熟語を含《ふく》むものに限られる。この場合の「の」は主語を表し、「が」と入れ換《か》えられる連体修飾節《れんたいしゅうしょくせつ》と考えられる。

　いずれにしても、話し手が意図《いと》する意味は、たいていは文脈《ぶんみゃく》や聞き手の現実に関する知識から推測《すいそく》できる。しかし、詩人や小説家などは、故意《こい》にあいまいさをねらったかと思われる言い方をすることもある。川端康成《かわばたやすなり》の有名な「美しい日本の私」という題名も、その一例かもしれない。

6　接尾語《せつびご》の付く語による修飾《しゅうしょく》

　ある言葉に接尾語《せつびご》が付いて名詞を修飾《しゅうしょく》する場合、その接尾語《せつびご》が修飾《しゅうしょく》の形を決定する。名詞に「～さん」とか「～たち」などのような接尾語《せつびご》が付いても、全体は名詞として働くが、接尾語《せつびご》が付くことによって形容詞が作られるという場合も珍《めずら》しくない。ここで問題になるのは後者なので、そちらに焦点《しょうてん》を当てることにしよう。たとえば、「男らしい」というのは、名詞の「男」に接尾語《せつびご》の「～らしい」が付いたものである。これが「人」を修飾《しゅうしょく》する場合は、「男らしい人」となり、「強い人」のように、イ形容詞が名詞を修飾《しゅうしょく》するのと変わりがない。一方《いっぽう》、接尾語《せつびご》の「～的」はナ形容詞を構成し、「経済的な車」のように、名詞の前では「な」が使われる。この「～的」は使《し》用範囲《ようはんい》が非常に広く、原則的には漢語に付くものであるが、中には「アメリカ的」、「書き言葉的」のような言い方も見られる。これらの接尾語《せつびご》は、普通《ふつう》の形容詞と同じように活用し、テ形はそれぞれ「くて」、「で」である。従って、ほかの形容詞と組み合わさると、「子供《こども》らしくて、かわいい子」、「文学的で、きれいな表現」などのようになる。

このほかの主な接尾語《せつびご》のうち、イ形容詞を構成するものには、「～っぽい」「～っこい」「～やすい／にくい」「～がましい」などがあり、ナ形容詞を構成するものには、「～げ」「～そう」などがある。なお、この「そう」は、動詞と形容詞の語幹につき、「～のように見える」とか「～という印象を受ける」という意味のもので、伝聞《でんぶん》の「～そう」ではない。では、それぞれの例を見てみよう。

(1)　a　彼《かれ》はいつまでたっても、[子供《こども》っぽい] 性格が治らないね。
　　b　あの [黒っぽい] 背広《せびろ》を着た人は誰《だれ》ですか。

(2)　[油っこい] 料理は、体に良くありません。

(3)　a　見掛《みか》けよりも、やっぱり [はきやすい] 靴《くつ》が一番ですね。
　　b　[こわれにくくて、軽い] 物を送りましょう。

(4)　a　[差し出がましい] ことを申し上げるようですが、この企画《きかく》は検討《けんとう》し直した方《ほう》がよろしいのではございませんか。
　　b　うちの課長は、すぐに [恩着《おんき》せがましい] 物言いをするので、みんなに嫌《きら》われています。

(5)　a　あの子はどこか [寂《さび》しげな] 顔をしていますね。
　　b　[不安げな] 面持《おもも》ちを隠《かく》すことができなかった。

(6)
a　今晩《こんばん》は［面白《おもしろ》そうな］映画がありますよ。
b　いかにも［優秀《ゆうしゅう》そうな］お子さんですね。
c　［今にも戦争が起こりそうな］険悪な状況《じょうきょう》になった。

練習問題四

一　次の文の中の修飾語《しゅうしょくご》を［　］で囲み、それが修飾《しゅうしょく》する言葉に傍線《ぼうせん》を引きなさい。

　それは漆黒《しっこく》の自動車であった。

　その自動車が軽井沢《かるいざわ》ステエションの表口まで来て停《とま》ると、中から一人《ひとり》のドイツ人らしい娘《むすめ》を降《お》ろした。

彼《かれ》はそれがあんまり美しい車だったのでタクシイではあるまいと思ったが娘《むすめ》が降《お》りるときに何か運転手にちらと渡《わた》すのを見たので、彼《かれ》は黄色い帽子《ぼうし》をかぶった娘《むすめ》とすれちがいながら、自動車の方《ほう》へ歩いて行った。

　「街へ行ってくれたまえ。」

彼《かれ》はその自動車の中へ入った。


（堀《ほり》　辰雄《たつお》「ルウベンスの偽画」）

二　傍線《ぼうせん》を引いてある名詞、名詞句を（　）の中の言葉で修飾《しゅうしょく》しなさい。

1　車をもらいました。（古い）
→（　　　　　　　　　　　　）

2　雑誌を買いました。（つまらない）
↓（　　　　　　　　　　　　　　　　　）

3　毎日漢字を勉強します。（難しい）
↓（　　　　　　　　　　　　　　　　　）

4　ドレスを見に行きましょう。（安い）
↓（　　　　　　　　　　　　　　　　　）

5　その部屋《へや》にベッドは置けませんよ。（大きい　せまい）
↓（　　　　　　　　　　　　　　　　　）

6　あの店の前で人に会いました。（面白《おもしろ》い　古い）
↓（　　　　　　　　　　　　　　　　　）

7　字引で言葉を調べました。（難しい　大きい）
↓（　　　　　　　　　　　　　　　　　）

8　犬を飼《か》っています。（黒い　小さい）
↓（　　　　　　　　　　　　　　　　　）

9　人が好きです。（おだやかな　正直《しょうじき》）
↓（　　　　　　　　　　　　　　　　　）

10　コンピューターを売り出しました。（安い　コンパクトな）
↓（　　　　　　　　　　　　　　　　　）

11　家で音楽を聞きました。（きれいな　田山《たやま》さん）
↓（　　　　　　　　　　　　　　　　　）

12　昨日《きのう》、先生から本を貸してもらいました。（日本語　学校　やさしい）

↓（　　　　　　　　　　　　　　　　　）

13　明日《あした》、友達《ともだち》とスポーツカーで海へ行くつもりです。（新しい　近く　鎌倉《かまくら》）

↓（　　　　　　　　　　　　　　　　　）

14　店にチョコレートがありますか。（あの　スイス　小さい　おいしい）

↓（　　　　　　　　　　　　　　　　　）

15　先生は話をしました。（つまらない　私　長い　嫌《きら》いな）

↓（　　　　　　　　　　　　　　　　　）

三　上の段の修飾語《しゅうしょくご》の一つを下の段の被修飾語《ひしゅうしょくご》の一つに結び、二つの言葉を使っていくつでも文を作りなさい。

豊かな	例
歴史的な	進歩《しんぽ》
極端《きょくたん》な	感性
自由な	事件
科学的な	思考
変な	環境《かんきょう》
静かな	こと
健康な	話
ひょんな	作品
ポピュラーな	身体

四　次の文の中の修飾語《しゅうしょくご》を［　］で囲み、それが修飾《しゅうしょく》する言葉に傍線《ぼうせん》を引きなさい。

1　ドーヴァーを十一時十五分に出て、十二時にはもう対岸のフランスのカレーに着いた。カレーは小さいが美しい町であった。ノートルダムみたいな寺院もあり、ルネサンス風の赤い市庁舎の前の花壇《かだん》の中には、例のロダンの「カレーの市民」の銅像もある。しかし、近来は船でドーヴァーを渡《わた》る人は少ないと見えて、町はまったく閑静《かんせい》だ。

（山田風太郎《やまだふうたろう》「ドーヴァー海峡《かいきょう》」）

2　ダッフルコートという民芸風のコートがある。フードが付き、前をボタンでなく、木や水牛の角《つの》で留める風変わりなデザインである。なぜあんなカタチなのか不思議でならなかった。

（くろすとしゆき「北緯《ほくい》六十度の悔《くや》し涙《なみだ》」）

3　広大な牧草地《ぼくそうち》でのんびり遊ぶ羊たち。抜《ぬ》けるような青空と降り注《そそ》ぐ太陽、自然と調和のとれた美しい街並《まちな》みと、そこに暮《く》らす人々《ひとびと》のあたたかく人なつっこい笑顔……。ニュージーランドをひと言でいいあらわすならばまさに公園の国。

（広告から）

〔五〕節による修飾《しゅうしょく》

1 はじめに

「節」というのは、簡単に言うと、文の中の文のことである。日本語では、主語を持たないものも文と認められるため、節をなす必要最小条件は述語を持っているということである。述語というのは、その長さに拘《かか》わらず、活用する品詞（コピュラ、形容詞、動詞）を持ち、主語を含《ふく》まない部分を指す。なお、「です」「だ」「である」は、国語文法では一般《いっぱん》に「指定の助動詞」と呼ばれているが、日本語における「助動詞」の定義はあまりはっきりしないので、ここでは「コピュラ」として扱《あつか》う。

節にはいろいろあるが、名詞を修飾《しゅうしょく》する節を「連体修飾節《れんたいしゅうしょくせつ》」と言う。たとえば「「木下《きのした》さんが去年《きょねん》書いた」小説」の「　」で囲んだ部分である。連体修飾節《れんたいしゅうしょくせつ》に主語がある場合は、助詞の「が」によってそれを表すのが普通《ふつう》である。しかし、「が」の代わりに「の」を使うこともある。つまり、「木下《きのした》さんが去年《きょねん》書いた小説」とも「木下《きのした》さんの去年《きょねん》書いた小説」とも言える。係助詞の「は」は、主節の主題（多くの場合主語と一致《いっち》するが）を表し、連体修飾節《れんたいしゅうしょくせつ》の中に使うことはできない。また、対照を表す「は」も、普通《ふつう》、連体修飾節《れんたいしゅうしょくせつ》の中では使わない。「「ふだんはコーヒーを飲まない」課長もさすがに今日《きょう》は特別と見える」などのように、「は」を使うこともまれにあるが、その場合は否定を伴《ともな》うことが多い。

連体修飾《れんたいしゅうしょく》の構造については、いろいろな分析《ぶんせき》がされているが、そのうちの二つをごく簡単に紹介《しょうかい》しよう。今挙げた例を取ると、一つは、「木下《きのした》さんが去年《きょねん》小説を書いた」という節の中から、「小説」が後ろに動いて修飾《しゅうしょく》されているとする見方である。もう一つは、もともと「「木下《きのした》さんが去年《きょねん》小説を書いた」小説」という構造があり、修飾《しゅうしょく》されている名詞と同じもの、つまりこの例では「小説」が節の中から消去《しょうきょ》されているとする見方である。いずれにしても、節内の名詞に付く助詞は、この過程においてなくなる。なお、このような、被修飾名詞《ひしゅうしょくめいし》が修飾節《しゅうしょくせつ》の中に想定できるような構造を「同一名詞連体修飾《どういつめいしれんたいしゅうしょく》」と言う。これに対して、被修飾名詞《ひしゅうしょくめいし》が修飾節《しゅうしょくせつ》の中にもともとあったとは考えられず、付け加えられたような構造を持っているものを、「付加名詞連体修《ふかめいしれんたいしゅう》飾《しょく》」と呼ぶ。「付加名詞連体修飾《ふかめいしれんたいしゅうしょく》」は主に、動詞節による修飾《しゅうしょく》の時に問題になるので、その項《こう》で説明することにする。

連体修飾構造《れんたいしゅうしょくこうぞう》のどのような分析《ぶんせき》が言語学的に妥当《だとう》かというのは難しい問題で、それを論じるのはこの本の目的と離《はな》れてしまう。日本語を学ぶ人にとってまず大切《たいせつ》なことは、連体修飾節《れんたいしゅうしょくせつ》というものを正しく理解し、自由に操ることができるようになることである。これから先この本の中で、「(名詞が) 動く」などということもあるが、これは説明に一つの決まった表現が必要だからであって、ある説を支持するという意味ではない。

以下、まず修飾節内《しゅうしょくせつない》の活用語の種類別に従って、コピュラ節、形容詞節、動詞節による修飾《しゅうしょく》と分けて、その後で節による連体修飾《れんたいしゅうしょく》をまとめて見ることにする。

2　コピュラ節による修飾《しゅうしょく》

同格の「の」については、第三節の「「名詞＋の」による修飾《しゅうしょく》」の時に触《ふ》れたが、これをもう少し詳《くわ》しく見てみよう。前に挙げた「弁護士の河村《かわむら》さん」という例は「弁護士である河村《かわむら》さん」と言い換《か》えることができる。ところが、ほかの「の」、たとえば所有を表す「私の本」や手段を表す「バスの旅行」などの「の」を、「私である本」、「バスである旅行」などと言い換《か》えることはできない。これから分かるように、同格の「の」は、コピュラの「だ」とか「である」の一つの形であり、ほかの「の」とは性質が違《ちが》っているのである。従って、次に示すように、自由に活用することができる。なお、文末の「だ」と「である」を比べた場合と同じように、次の(1)aの「の」と「である」、(1)cの「だった」と「であった」の間の違《ちが》いは、「である」、「であった」の方《ほう》が改まった言い方に聞こえるというだけで、意味の違《ちが》いはない。

(1)
a　現在肯定形《こうていけい》　[弁護士の]／[弁護士である]河村《かわむら》さん
b　現在否定形　[弁護士で(は)ない]河村《かわむら》さん
c　過去肯定形《こうていけい》　[弁護士だった]／[弁護士であった]河村《かわむら》さん
d　過去否定形　[弁護士で(は)なかった]河村《かわむら》さん

修飾《しゅうしょく》部分の終わりがこのように活用するということは、その修飾《しゅうしょく》部分は節であるということになる。そして、節であるなら、当然主語を含《ふく》むこともできるはずである。それは、「[父親が弁護士の]河村《かわむら》さん」とか「[出身が熊本《くまもと》]の弘《ひろ》君」などの例から分かる。

もう少しこの種の例を挙げよう。次のaには本来主題文「AはBがC」の構造のもので、「BがC」の部分が主題の「A」を修飾《しゅうしょく》している形のものを並《なら》べてある。これらを、「AはBがC」が主文として現われるbの文と比べてみると、分かりやすいと思う。(5)は二つのコピュラ節が名詞を修飾《しゅうしょく》する例である。これらの修飾節《しゅうしょくせつ》末の「の」は、すべて「である」と言い換《か》えてもかまわない。

(2)　a　[木曜日《もくようび》が定休日《ていきゅうび》の] 店は意外に多い。
　　 b　(この) 店は木曜日《もくようび》が定休日《ていきゅうび》だ。

(3)　a　[専門が電子工学の] 人を募集《ぼしゅう》しています。
　　 b　(この) 人は専門が電子工学だ。

(4)　a　[鎖《くさり》が金《きん》の] ネックレスを買ってもらいました。
　　 b　(この) ネックレスは鎖《くさり》が金《きん》だ。

(5)　a　[父親が弁護士で、母親が医者の] 河村《かわむら》さんは前途《ぜんと》有望《ゆうぼう》だ。
　　 b　河村《かわむら》さんは父親が弁護士で、母親が医者だ。

前にも述べたように、普通《ふつう》、連体修飾節《れんたいしゅうしょくせつ》の主語は、「が」でも「の」でも表せる。ところが、面白《おもしろ》いことに、修飾節《しゅうしょくせつ》と名詞が「の」で結ばれる場合は、主語を表すには「の」を避《さ》けた方《ほう》が安全である。たとえば、右の(2)、(3)を「木曜日《もくようび》の定休日《ていきゅうび》の店」、「専門の電子工学の人」などと言うと、不自然に聞こえる。だから、コピュラ節で名詞を修飾《しゅうしょく》する場合には、主語を常に「が」で表していた方《ほう》が間違《まちが》いがない。

これまでは、主にコピュラが現在肯定形《こうていけい》のものについて考えてきたが、それ以外の例も見てみよう。

(6)　a　この州には、[母国語が英語でない] 人も大勢《おおぜい》いる。
　　 b　(この) 人は母国語が英語ではない。

(7)　この辺では、[屋根が瓦《かわら》ではない] 家は珍《めずら》しくなった。

(8)　a　[仕事が生きがいだった] 従業員も会社をやめざるを得なかった。
　　 b　従業員は仕事が生きがいだった。

(9)　［風景が売り物だった］この地域も、昨今《さっこん》では公害によって自然が荒《あ》らされてきた。

(10)　a　［所属が共和党でなかった］人達《ひとたち》にも、ブッシュ氏に投票した人がかなりいる。

b　（この）人達《ひとたち》は所属が共和党で(は)なかった。

(11)　［飲酒が原因でなかった］交通事故というのはそれほど多くない。

こう見て来るとわかるように、［　］で囲んだ部分は明らかに節と考えられる。

3　形容詞節による修飾《しゅうしょく》

第四節で形容詞による修飾《しゅうしょく》について考えた。その時は「良い物」とか「きれいな人」のように、修飾《しゅうしょく》部分に否定や過去形を含《ふく》まないものだけを取り上げたが、実際《じっさい》には、次に示すように、名詞の前でも文末同様にいろいろな活用形が現れる。

(1)　a　現在肯定形《こうていけい》　［良い］物

b　現在否定形　［良くない］物

c　過去肯定形《こうていけい》　［良かった］物

d　過去否定形　［良くなかった］物

(2)　a　現在肯定形《こうていけい》　［きれいな／きれいである］物

b　現在否定形　［きれいで(は)ない］物

c　過去肯定形《こうていけい》　［きれいだった／きれいであった］物

d　過去否定形　［きれいで(は)なかった］物

これを見ると、コピュラ節による修飾《しゅうしょく》で起こったのと同じ問題が、形容詞節の場合にもあるということに、気が付くであろう。つまり、「良くない物」、「きれいだった物」が節による修飾《しゅうしょく》なら、「良い物」、「きれいな物」も、形容詞による修飾《しゅうしょく》というより、形容詞節による修飾《しゅうしょく》と考えてもいいわけである。連体形（名詞を修飾《しゅうしょく》するときの形）と終止形（文末の形）とが違《ちが》うのは、ナ形容詞の現在肯定形《こうていけい》の一つの場合だけである。つまり、連体形には「な」、終止形には「だ」が使われ、「である」はどちらにも使われる。（コピュラの場合は、連体形が「の」、終止形が「だ」で、「である」がやはりどちらにも使われるということを覚えていると思う。このような形の上での類似から、ナ形容詞の語幹を名詞と考え、その活用部分をコピュラとする考え方もあるが、この本では形容詞として扱《あつか》う。）

このように考えると、特殊《とくしゅ》な言い方と思われやすい「頭が良い人」、「目がきれいな人」などの例もよく分かる。つまり、「頭が良い」、「目がきれいな」などの修飾《しゅうしょく》部分は節であり、その中にたまたま主語があるに過ぎないのである。コピュラ節の場合と同じように、これらは「（あの）人は頭が良い」とか「（あの）人は目がきれいだ」という、「AはBがC」の構造を持っている。例をもう少し挙げておこう。

(3)　a　［入り口がせまい］建物は、火事の時危ない。
　　b　（この）建物は入口がせまい。

(4)　a　［取り扱《あつか》いが簡単な］カメラを買おうと思っている。
　　b　（この）カメラは取り扱《あつか》いが簡単だ。

(5)　［内容が面白《おもしろ》くない］小説を訳すのは時間がかかる。

(6)［数学が得意でない］生徒の家庭教師をしています。

(7)［夕焼けが美しかった］あの町へもう一度行きたい。

(8)［挙動が不審《ふしん》だった］男をただちに逮捕《たいほ》した。

(9)［売れ行きがよくなかった］本は絶版《ぜっぱん》にした。

(10)［読書がそれほど好きでなかった］子供達《こどもたち》も、あの本には感動したようだ。

(11) a あの、［背《せい》が高くて、足が長い］人は誰《だれ》ですか。

b（あの）人は背《せい》が高くて、足が長い。

(11)は二つの形容詞節が名詞を修飾《しゅうしょく》する例である。なお、コピュラ節と違《ちが》って、形容詞節内の主語に付けられる助詞は、普通《ふつう》「が」でも「の」でもかまわない。

練習問題五

例にならって修飾節《しゅうしょくせつ》を作り、一つの文に完成させなさい。

例一 この都会は公害がひどい。だんだん住みにくくなる。

→公害がひどいこの都会はだんだん住みにくくなる。

例二 あの人は目が澄《す》んでいてきれいです。すばらしい人です。

→目が澄《す》んでいてきれいなあの人はすばらしい人です。

1 鎌倉《かまくら》さんは生まれが広島《ひろしま》です。今東京《とうきょう》に住んでいます。

→（　　　　　　　　　　）

2　志賀直哉《しがなおや》は「小僧《こぞう》の神様《かみさま》」の著者です。小説の神様《かみさま》と呼ばれました。
↓（　　）

3　この問題は簡単ではありません。答えるのに時間がかかります。
↓（　　）

4　大木《おおき》さんのお母《かあ》さんは中学校の先生です。大変忙《いそが》しいです。
↓（　　）

5　東京《とうきょう》も大阪《おおさか》も交通渋滞《じゅうたい》が激《はげ》しい。何か方法を考えるべきだ。
↓（　　）

6　その赤い車は小型ですがあまり安くありません。ディーラーにすすめられて買いました。
↓（　　）

7　二月《にがつ》の節分《せつぶん》の日にほうぼうの神社《じんじゃ》で、追儺式《ついなしき》がさかんです。七世紀の終わりごろに中国から伝わりました。
↓（　　）

8　私の家族はすしが大好きです。よく近所《きんじょ》のすし屋に行って食べます。
↓（　　）

9　その雪はやわらかそうだ。その中に頬《ほお》を埋《うず》めてみたい。
↓（　　）

10　透《す》き通った青い海は果てしなく広い。その海はあなたが来るのを待っている。
↓（　　）

4　動詞節による修飾《しゅうしょく》

(1) 被《ひ》修《しゅう》飾《しょく》語《ご》の格

動詞節による同一名詞連体修飾《どういつめいしれんたいしゅうしょく》を検討《けんとう》する場合には、被修飾名詞《ひしゅうしょくめいし》が節の中の動詞と関係して持つ格というものが、非常に重要になる。ここで、一つの動詞文を出発点として、被修飾名詞《ひしゅうしょくめいし》本来の格と修飾《しゅうしょく》の関係をざっと見てみよう。

次の①には名詞句が六つあるから、六通りの連体修飾《れんたいしゅうしょく》の可能性があると考えられる。a〜fにそれが示されている。つまり、①をもとにしてみると、aではガ格（主格）の「和夫《かずお》」、bではニ格（時の表現）の「その日」、cではカラ格（奪格《だっかく》）の「東京《とうきょう》」、dではニ格（与格《よかく》）の「恋人《こいびと》」、eでは連体格の「ばら」、fではヲ格（目的格）の「ばらの花」が修飾《しゅうしょく》されている。（「連体格」というのは、ある名詞がほかの名詞を修飾《しゅうしょく》する時の格で、動詞とは関係がない。）なお、この項《こう》では、修飾節《しゅうしょくせつ》の中の主語は、すべて助詞の「が」で表すことにする。また、被修飾語《ひしゅうしょくご》に傍線《ぼうせん》を付けなくても、誤解が生じないと思われる場合は、傍線《ぼうせん》を省略した。「＊」は不自然あるいは不適切な文を表す。

① 1和夫《かずお》が　2その日に　3東京《とうきょう》から　4恋人《こいびと》に　5ばらの　6花を　贈《おく》った

a ［その日に東京《とうきょう》から恋人《こいびと》にばらの花を贈《おく》った］和夫《かずお》　（ガ格）

b ［和夫《かずお》が東京《とうきょう》から恋人《こいびと》にばらの花を贈《おく》った］その日　（ニ格）

c ＊［和夫《かずお》がその日に恋人《こいびと》にばらの花を贈《おく》った］東京《とうきょう》　（カラ格）

d ［和夫《かずお》がその日に東京《とうきょう》からばらの花を贈《おく》った］恋人《こいびと》　（ニ格）

e　＊［和夫《かずお》がその日に東京《とうきょう》から恋人《こいびと》に花を贈《おく》った］ばら　（連体格）

f　［和夫《かずお》がその日に東京《とうきょう》から恋人《こいびと》に贈《おく》った］ばらの花　（ヲ格）

これらの例は、ガ格、ヲ格、ニ格（与格《よかく》および時の表現）の名詞は、連体修飾《れんたいしゅうしょく》ができるけれども、カラ格、連体格の名詞はできないということを示している。連体格の名詞を動かすことが許されないというのは、だいたいどの言語にでも見られる現象である。つまり、「ばらの花」という名詞句を解体して、その中の名詞を一つだけ動かすことはできないのである。例文の修飾節《しゅうしょくせつ》は長いので判断がしにくいという場合には、節内の「その日に」とか「東京《とうきょう》から」などを適当に省略して言ってみると、分かりやすいと思う。以下、ここで取り上げた格をはじめほかの格についても、一つ一つ見て行こう。

(2) ガ格、ヲ格の名詞

一般《いっぱん》にガ格（主格）、ヲ格（目的格）の名詞は、最も修飾《しゅうしょく》がしやすいとされている。もう少し例を挙げてみよう。

①　a　私達《わたしたち》は日本語を外国語として学んでいる。

b　［日本語を外国語として学んでいる］私達《わたしたち》にとって漢字が特に面白《おもしろ》い。

c　［私達《わたしたち》が外国語として学んでいる］日本語の文法は国語文法とはずいぶん違《ちが》う。

②　a　水仙《すいせん》が春一番に咲《さ》く。

b　［春一番に咲《さ》く］水仙《すいせん》は、長い冬の終わりを告げてくれる。

③ a パーティーに人を招待する。

b 「パーティーに招待する」人のリストを作った。

助詞の「を」には直接目的語を表すことのほかに、「空を飛ぶ」、「家を出る」などのように、移動の場所を表す機能もある。これらのヲ格の名詞も、次の例を見ると分かるように、問題なく修《しゅう》飾《しょく》することができる。

④ a 魚が川を泳いでいる。

b 「魚が泳いでいる」川はもうない。

⑤ a 昨日《きのう》は公園を歩いた。

b 「昨日《きのう》歩いた」公園は桜《さくら》がきれいだった。

(3) ニ格の名詞

助詞の「に」にはいろいろな意味がある。(1)の①bでは時の表現、①dでは間接目的語のニ格の名詞が修《しゅう》飾《しょく》される例を見た。次に同種の修《しゅう》飾《しょく》の例を一つずつ挙げよう。

① a みんなが休憩《きゅうけい》時間に一服《いっぷく》している。

b 「みんなが一服《いっぷく》している」休憩《きゅうけい》時間

② a (うちは)毎年《まいとし》教会に寄付する。

b 「(うちが)毎年《まいとし》寄付をする」教会

「いる、ある、住む、勤める」などの動詞と一緒《いっしょ》に使われる「に」は、存在の場所を表す。これらのニ格の名詞も修飾《しゅうしょく》ができる。次を見てみよう。

③　a　あの寺に‖は有名なびょうぶがある。
　　b　［有名なびょうぶがある］（あの）寺

④　a　秋山《あきやま》さんは銀行に‖勤めている。
　　b　［秋山《あきやま》さんが勤めている］銀行

「入る、乗る、書く、置く、並《なら》べる」などの動詞は、その行為《こうい》の結果《けっか》、人なり物なりが、ある特定のところに存在することを表す。つまり、どこかに入ったら、その結果《けっか》その中にいることになるし、また紙に字を書いたらその字は紙の上にあるわけである。従って、これらの動詞と一緒《いっしょ》に使われる名詞に助詞の「に」を付けるというのは、存在の場所を表す名詞に「に」を付けるのと関係があるのであろう。なお、「映画（コンテスト、会議、町……）に出る」の「出る」もこのような動詞であるが、前にも述べたように、場所を表す語に助詞の「を」が使われたときは、名詞が移動の場所を表すから、気を付けなければいけない。次の⑤~⑦を見ても分かるように、到達点《とうたつてん》を表すニ格の名詞の修飾《しゅうしょく》は、日常よく使われる。

⑤　a　息子《むすこ》は四月《しがつ》から社員寮《しゃいんりょう》に‖入っている。
　　b　［息子《むすこ》が四月《しがつ》から入っている］社員寮《しゃいんりょう》

⑥　a　巨人《きょじん》軍の選手が飛行機に‖乗った。
　　b　［巨人《きょじん》軍の選手が乗った］飛行機

⑦　a　マドンナが映画に‖出る。

b ［マドンナが出る］映画

「〜に聞く、尋《たず》ねる、教わる、もらう、借りる」などの「に」には、「から」で言い換《か》えられるものもある。この「に」や「から」は情報や物品が出る「源《ソース》」を表す。このようなニ格の名詞は、修飾《しゅうしょく》ができないことはないが、ある程度制限があり、行為《こうい》の主体と源《ソース》である人間が、混同されない場合にだけ可能である。文脈《ぶんみゃく》がはっきりしない場合には、節の中に主語があるかどうかによって、自然さがずいぶん違《ちが》う。たとえば、「私が聞いた人」と言えば混同は起こらないが、ただ「聞いた人」と言ったのでは、まず頭に浮《う》かぶのは主格の意味である。だから、これまでに扱《あつか》ったほかのニ格の名詞に比べると、修飾《しゅうしょく》がしにくいと言える。

⑧ a 一郎《いちろう》は友達《ともだち》に‖車を借りた。
　 b ［一郎《いちろう》が車を借りた］友達《ともだち》

⑨ a 子供《こども》は小宮《こみや》先生に‖理科を教わった。
　 b ［子供《こども》が理科を教わった］小宮《こみや》先生

⑩ a 西山《にしやま》さんは医者に‖診《み》てもらった。
　 b ［西山《にしやま》さんが診《み》てもらった］医者

ニ格の名詞が使役動詞《しえきどうし》の行為者《こういしゃ》（「する人」）を表すものも、修飾《しゅうしょく》に問題がある場合もある。たとえば、次の⑪bは言えないことはないけれども、どこかおかしいという感じがする。特に、節内の主語の「私」がなかったら、「尾形《おがた》さん」、あるいは「ある人」が主語だと必ず思われる。これに対して、cのように「洋服屋」とすると、「私」があってもなくても誤解は起こらない。また、⑫

bも同じような例である。⑬aでは、使役《しえき》動詞《どうし》が自動詞なので、行為者《こういしゃ》には助詞の「を」が使われているが、bに示したように、このような名詞を修飾《しゅうしょく》することにはさほど問題がない。結局《けっきょく》、誰《だれ》が使役《しえき》の主語（「させる人」）で、誰《だれ》が動詞の行為者《こういしゃ》（「する人」）なのかということさえはっきりしていれば連体修飾《れんたいしゅうしょく》はできるということなのだろう。

⑪　a　（私は）尾形《おがた》さん／ある人に‖背広《せびろ》を作らせた。
　　b　？［（私が）背広《せびろ》を作らせた］尾形《おがた》さん／ある人
　　c　［（私が）背広《せびろ》を作らせた］洋服屋

⑫　a　（先生は）子供達《こどもたち》に‖掛《か》け算《ざん》を覚えさせた。
　　b　？［（先生が）掛《か》け算《ざん》を覚えさせた］子供達《こどもたち》

⑬　a　（先生は）子供達《こどもたち》を‖早く帰らせた。
　　b　［（先生が）早く帰らせた］子供達《こどもたち》

受け身（使役《しえき》の受け身を含《ふく》む）の行為者《こういしゃ》（「する人」）を表すニ格の名詞は、次の例を見ると分かるように、修飾《しゅうしょく》ができない。⑭、⑮のどちらのbも「母親が自分の赤ん坊《ぼう》を誰《だれ》かによって殺された」、「教師が自分の生徒を誰《だれ》かによって立たされた」という、いわゆる被害《ひがい》の受身の主体とは考えられるが、「母親」と「教師」は行為者《こういしゃ》ではなくなってしまう。

⑭　a　赤ん坊《ぼう》が母親に‖殺された。
　　b　＊［赤ん坊《ぼう》が殺された］母親

⑮　a　その生徒は教師に‖立たされた。

b ＊［（その）生徒が立たされた］教師

次の⑯〜⑲にあるように、変化や選択《せんたく》の結果《けっか》を表すニ格の名詞も、修飾《しゅうしょく》ができない。もちろん、「新しく会長になった小林《こばやし》さん」、「レモンスカッシュにした中原《なかはら》さん」などのように、ガ格（主格）の名詞は、いつでも修飾《しゅうしょく》ができる。また、助詞の「を」で表される変化、選択《せんたく》の対象を修飾《しゅうしょく》することも、問題ない。つまり、「通話方式を変えた」、「良子《よしこ》は志望校を決めた」などというのは、「変えた通話方式」、「良子《よしこ》が決めた志望校」などに容易に変えることができる。

⑯ a 小林《こばやし》さんが新しく会長に‖なった。

b ＊［小林《こばやし》さんが新しくなった］会長

⑰ a 通話方式がダイアルからプッシュホンに‖変わった。

b ＊［通話方式が（ダイアルから）変わった］プッシュホン

⑱ a 中原《なかはら》さんはレモンスカッシュに‖した。

b ＊［中原《なかはら》さんがした］レモンスカッシュ

⑲ a 良子《よしこ》は東京《とうきょう》大学に‖決めた。

b ＊［良子《よしこ》が決めた］東京《とうきょう》大学

目的を表すニ格の名詞も修飾《しゅうしょく》ができない。次の例では、㉑bはそれ自体は文法的なのだが、aの意味とは違《ちが》う。つまり、後で触《ふ》れる付加名詞連体修飾《ふかめいしれんたいしゅうしょく》になっており、「お礼」は［　］の部分からの結果《けっか》を表している。

⑳ a 姉はさっき仕事に‖出掛《でか》けた。

㉑　b　＊［姉がさっき出掛《でか》けた］仕事
　a　岸本《きしもと》さんがお礼に‖商品券をくれた。
　b　＊［岸本《きしもと》さんが商品券をくれた］お礼

(4)　デ格の名詞

助詞の「で」にもいろいろな働きがあるが、その中で一番修飾《しゅうしょく》しやすいのは、次の例にあるような場所を表すデ格の名詞である。

①　a　恵子《けいこ》はレストランで‖カレーを食べた。
　b　［恵子《けいこ》がカレーを食べた］レストラン
②　a　赤ん坊《ぼう》が隣《となり》の部屋《へや》で‖眠《ねむ》っている。
　b　［赤ん坊《ぼう》が眠《ねむ》っている］隣《となり》の部屋《へや》

①bのような他動詞節で、目的語を省くと、おかしくなることがある。たとえば、「恵子《けいこ》が食べたレストランはどこ？」というのはそれほどおかしくないが、「恵子《けいこ》が食べたレストランは高い」などと言うと、「恵子《けいこ》がレストランを食べた」のかと、からかわれるかもしれない。また、「恵子《けいこ》が買ったデパート」だけでは、デパートを買ったのか、デパートで買ったのか、あいまいである。「食べたレストラン」とか「買ったデパート」などのように、主語や時の表現も省かれ修飾節《しゅうしょくせつ》が動詞だけになると、ますますひどくなる。もちろん、たいていは文脈《ぶんみゃく》で意味がはっきりすることが多いのだが、こんな場合には、「(私が)入ったレストラン」、「(昨日《きのう》)行ったデパート」などのように、自動詞を使った方《ほう》が無難《ぶなん》である。

次に、道具や手段を表すデ格の名詞を見てみよう。次の③b、④bは間違《まちが》いではないのだが、cのように言う方《ほう》が一般的《いっぱんてき》である。つまり、ヲ格や到達点《とうたつてん》のニ格の方《ほう》が修飾《しゅうしょく》しやすいということである。

③ a　祖父は筆《ふで》で‖字を書いた。
　b　「祖父が字を書いた」筆《ふで》
　c　「祖父が（字を書く時に）使った」筆《ふで》

④ a　多くの会社員が電車で‖通勤する。
　b　「多くの会社員が通勤する」電車
　c　「多くの会社員が（通勤のために）乗る」電車

原因や理由を表すデ格の名詞はもっと修飾《しゅうしょく》しにくいようである。左の⑤b、⑥bは、言わないこともないが、あまり使わない。このような名詞は修飾《しゅうしょく》しない方《ほう》がいいだろう。

⑤ a　大雨で‖地下が水浸《みずびた》しになった。
　b　＊「地下が水浸《みずびた》しになった」大雨

⑥ a　子供《こども》は風邪《かぜ》で‖学校を欠席《けっせき》した。
　b　＊「子供《こども》が学校を欠席《けっせき》した」風邪《かぜ》

範囲《はんい》を表すデ格の名詞は、⑦、⑧が示すように、修飾《しゅうしょく》ができない。

⑦ a　教授で‖反対意見の人がいる。

b　＊［反対意見の人がいる］教授

⑧　a　直美《なおみ》は教え子で‖一番よく勉強する。

b　＊［直美《なおみ》が一番よく勉強する］教え子

(5)　へ格の名詞

方向を表すと言われる「へ」は、結局《けっきょく》は「に」と同じように、到達点《とうたつてん》を表すと言っても間違《まちが》いないであろう。ただし、「へ」はいつでも「に」で言い換《か》えられるが、「に」がいつでも「へ」に言い換《か》えられるわけではない。たとえば、「入る、出る、置く」などは「へ」も「に」も使えるが、「書く、乗る」などは「に」だけである。へ格の名詞は、到達点《とうたつてん》のニ格が問題がなかったのと同じ様に、自由に修飾《しゅうしょく》ができる。次の例を見よう。

①　a　（私は）休みに友達《ともだち》と美術館へ‖行った。

b　［（私が）休みに友達《ともだち》と行った］美術館

②　a　政子《まさこ》さんは年に一度故郷へ‖帰る。

b　［政子《まさこ》さんが年に一度帰る］故郷

(6)　ト格の名詞

「と」の付く名詞は一般《いっぱん》に修飾《しゅうしょく》が難しいと言われている。

①　a　私は夕べ陽子《ようこ》さんと‖出掛《でか》けた。

b　＊［私が夕べ出掛《でか》けた］陽子《ようこ》さん

② a 正《ただし》さんはよく友達《ともだち》と‖飲む。
　b ＊［正《ただし》さんがよく飲む］友達《ともだち》
③ a 父は毎週《まいしゅう》友達《ともだち》と‖ゴルフをする。
　b ［父が毎週《まいしゅう》ゴルフをする］友達《ともだち》
④ a 兄は（その）人と‖結婚《けっこん》した。
　b ［兄が結婚《けっこん》した］（その）人

①b、②bのどちらの例も、修飾節《しゅうしょくせつ》に「私が」とか「正《ただし》さんが」などと主語があると不自然に聞こえるし、ないと「陽子《ようこ》さんが出掛《でか》けた」、「友達《ともだち》が飲む」と主格に解釈されてしまう。しかし「（私が）夕べ一緒《いっしょ》に出掛《でか》けた陽子《ようこ》さん」、「（正《ただし》さんが）よく一緒《いっしょ》に飲む友達《ともだち》」などのように、「一緒《いっしょ》に」という語を入れると、不自然でなくなる。③bは「一緒《いっしょ》に」がなくても問題がない例である。つまり、修飾節内《しゅうしょくせつない》の動詞が「出掛《でか》ける」、「飲む」、「本を読む」など、一般《いっぱん》に一人《ひとり》でする行為《こうい》を表す時には、修飾《しゅうしょく》される名詞が行為《こうい》を共にする相手だということを表すために、「一緒《いっしょ》に」という言葉が必要になり、「ゴルフ」のように仲間がいるのが普通《ふつう》である行為《こうい》を表す時には、それが必要ではないということである。④は「一緒《いっしょ》に」がなくてもよいというより、使えない場合の例である。「結婚《けっこん》する」、「けんか／戦争／試合をする」などのように、二者がする行為《こうい》、つまり必ず相手を必要とする行為《こうい》の場合は、「一緒《いっしょ》に」が使えないわけである。たとえば、「（私が）一緒《いっしょ》にけんかをした人」と言うと、「私の味方《みかた》になって誰《だれ》かとけんかをした人」という意味になり、「けんか」の相手という意味にはならない。

なお、「会う」という動詞は、対象を表すのに助詞の「に」か「と」を使うが、どちらにしても連体修飾《れんたいしゅうしょく》は問題がない。たとえば、「(私が)昨日《きのう》会った友達《ともだち》」のような言い方は一般《いっぱん》に使われている。

(7) カラ格、マデ格の名詞

先の(1)の①cの例では、カラ格の名詞は修飾《しゅうしょく》ができなかった。「から」は空間的・時間的出発点を表すが、もう少し例を見ることにしよう。

① a 友人から手紙をもらった。
　b ＊「手紙をもらった」友人
② a 火曜日《かようび》から試験がある。
　b ＊「試験がある」火曜日《かようび》
③ a (茂《しげる》が)下宿《げしゅく》から大学まで歩いた。
　b ＊「(茂《しげる》が)大学まで歩いた」下宿《げしゅく》

①bも②bも文そのものは文法的なのだが、「友人」も「火曜日《かようび》」も、aで表す出発点の意味がなくなってしまっている。③bは全く意味を成さない。節内の主語「茂《しげる》」がなかったら、まるで「下宿《げしゅく》が歩いた」かのように聞こえ、なおいけない。

それでは、カラ格のものはすべてだめかと言うと、そうでもなさそうである。たとえば、「私が手紙をもらった友達《ともだち》によると……」とか、「電話をくれた友達《ともだち》」という意味で「昨日《きのう》電話をもらった友達《ともだち》が言っていたんだけど……」などと言わないこともない。「源《ソース》」を表すニ格の項《こう》でも触《ふ》れたように、「誰《だれ》が誰《だれ》にもらう」というのがはっきりしていれば、かまわないわけである。しかし、このような言い方は、やはり分かりにくいので、カラ格の名詞を修飾《しゅうしょく》するのは、避《さ》けた方《ほう》が良いであろう。

次に、限度を表すマデ格の名詞について考えよう。次の④bでは「隣《となり》の町が見える」という意味になり、「その途中も見える」という意味はなくなってしまう。同じ様に⑤bは、前に挙げた②bと全く同じになり、「火曜日《かようび》に試験がある」という意味にしか取れない。⑥bは、③bほど悪くないという感じもするが、やはりすっきりしない。しかし、⑥cのように「行った」を入れると良くなる。ただし、こうすると、もとの文が「(茂《しげる》は) 下宿《げしゅく》から大学へ歩いて行った」とも考えられ、「まで」の付く名詞が動いたかどうかは分からなくなる。だから、マデ格の名詞も、普通《ふつう》、修《しゅう》飾《しょく》できないと考える方《ほう》が間違《まちが》いがない。

④ a ここから隣《となり》の町まで‖はっきり見える。
　 b ＊「ここからはっきり見える」隣《となり》の町

⑤ a 火曜日《かようび》まで‖試験がある。
　 b ＊「試験がある」火曜日《かようび》

⑥ a (茂《しげる》は) 下宿《げしゅく》から大学まで‖歩いた。
　 b ＊「(茂《しげる》が) 下宿《げしゅく》から歩いた」大学
　 c 「(茂《しげる》が) 下宿《げしゅく》から歩いて行った」大学

(8) 主題文の主題の修飾《しゅうしょく》

最後に、格と言うべきものを持たない主題を、節によって修飾《しゅうしょく》できるかどうかを考えよう。

「が」とか「を」などの格助詞は、動詞と直接関係して格を担《にな》うわけだが、「は」などの係助詞は、動詞というより文全体に係《かか》わり、影響《えいきょう》を及《およ》ぼす。名詞節による修飾《しゅうしょく》と形容詞節による修飾《しゅうしょく》の項《こう》で触《ふ》れたように、「AはBがC」という主題文の構造の「A」の部分は、文全体の主題を表し、「B」が「C」の主語として機能する。この項《こう》で問題にするのは、「C」の部分が動詞である場合である。次の例から、このような主題の修飾《しゅうしょく》は、実は非常にありふれたものであることに気が付く。

①　a　この学校は‖音楽教育が優れている。
　　b　［音楽教育が優れている］（この）学校

②　a　佐野《さの》さんは‖今度息子《むすこ》さんが受験する。
　　b　［今度息子《むすこ》さんが受験する］佐野《さの》さん

③　a　あの会社は‖組合がスト決行を決意した。
　　b　［組合がスト決行を決意した］（あの）会社

ただし、主題文の「B」の部分を修飾《しゅうしょく》するのは、「A」ほど容易ではない。これは、「Aは〈BがC〉」というように、主題文には二つの層があることを示しているようである。つまり、「BがC」は一つの層で、それで修飾節《しゅうしょくせつ》を作るのは問題がないけれども、「AがC」という層の違《ちが》うものを一つのまとまりにして、修飾節《しゅうしょくせつ》を作るのは、難しいということになるのだろう。次に例を挙げておこう。

④　a　？［この学校が優れている］音楽教育
　　b　＊［佐野《さの》さんが今度受験をする］息子《むすこ》さん
　　c　＊［（あの）会社がスト決行を決意した］組合

(9) まとめ

ここまでの結果《けっか》を簡単にまとめて、どんな名詞が修飾《しゅうしょく》しやすいか、大まかな順に並《なら》べると、次のようになる。

① 主格、目的格、与格《よかく》（間接目的語を表すニ格）の名詞が最も修飾《しゅうしょく》しやすい。ただし、主題文の主語（「AはBがC」の中のB）は修飾《しゅうしょく》できない。

② 場所を表すデ格の名詞や時、場所、到達点《とうたってん》を表すニ格の名詞、方向を表すヘ格の名詞、主題文の主題（「AはBがC」の中のA）なども、問題なく修飾《しゅうしょく》ができる。

③ 道具・手段を表すデ格の名詞は、修飾《しゅうしょく》できるが、言い換《か》えた方《ほう》が分かりやすい。

④ 源《ソース》や使役《しえき》の行為者《こういしゃ》を表すニ格の名詞は、誰《だれ》が誰《だれ》にするのか、あるいは誰《だれ》が誰《だれ》にさせるのかに関して、誤解が起こらない時だけ、修飾《しゅうしょく》ができる。

⑤ ト格の名詞の修飾《しゅうしょく》は可能だが、一般《いっぱん》の動詞の場合は「一緒《いっしょ》に」を必要とし、仲間がいると考えられる行為《こうい》を表す動詞の場合は必要としない。また、動詞が二者のする行為《こうい》を表す場合、修飾《しゅうしょく》される名詞がその相手なら「一緒《いっしょ》に」を使わない。

⑥ 受身の行為者《こういしゃ》、変化・選択《せんたく》の結果《けっか》、目的を表すニ格の名詞、原因・理由や範囲《はんい》を表すデ格の名詞、カラ格およびマデ格の名詞は多くの場合修飾《しゅうしょく》できない。

⑦ 連体格の名詞は常に修飾《しゅうしょく》できない。

なお、形容詞による修飾《しゅうしょく》の項《こう》で、日本語では「白くて黒い」とは言えず、そういう場合は「白

（と）黒」のように名詞を使って結ばなければならないと述べた。同じ様に、「行って行かない人」、「給料がもらえてもらえない月」などとは言えない。こんな場合、次のように連体修飾《れんたいしゅうしょく》を並《なら》べて使うことがよくある。

(1)　A　みんなディスコに行くんですか。

B　いえ、［行く］人も［行かない］人もいるようです。

(2)　A　毎月《まいつき》給料が入るんでしょう。

B　いいえ、［給料がもらえる］月も［もらえない］月もあるんです。

練習問題六

一　次の動詞節の意味がはっきりするように文を作りなさい。

例　本を読む学生

→よく本を読む学生は最近とても少なくなった。

1　よく話す人

→（　　　）

2　待っているタクシー

→（　　　）

3　フランス語を習っている先生

→（　　　）

4　よく山に登る友達《ともだち》
↓（　　　）

5　昨日《きのう》成田《なりた》に着いたジェット機
↓（　　　）

二　例にならって次の文を書きなさい。

例　料理した魚はおいしくありませんでした。

A　姉…姉が料理した魚はおいしくありませんでした。

B　私が釣《つ》ってきた…姉が料理した私が釣《つ》ってきた魚はおいしくありませんでした。

C　ちっとも…姉が料理した私が釣《つ》ってきた魚はちっともおいしくありませんでした。

1　昨日《きのう》折れました。

A　風で…
↓（　　　）

B　吹《ふ》いた…
↓（　　　）

C　松《まつ》の木…
↓（　　　）

2　横浜《よこはま》に行く。

A　電車です…

↓（　）

B　それは三番線です…

↓（　）

C　早い…

↓（　）

3　道です。

A　森へ行く…

↓（　）

B　その森は静かです…

↓（　）

C　その道を散歩《さんぽ》しましょう…

↓（　）

4　四《し》月《がつ》三日《みっか》に来ました。

A　アメリカから来ました…

↓（　）

B　メリーさんが来ました…

↓（　）

C　その翌日に学校が始まりました…

↓（　）

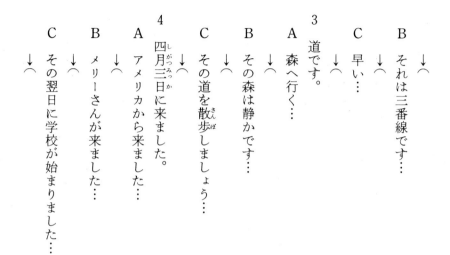

5　アパートは大変便利です。

A　所…
↓（　）

B　借りた…
↓（　）

C　青山《あおやま》さん…
↓（　）

D　地下鉄に近い…
↓（　）

E　先月《せんげつ》…
↓（　）

三　例にならってそれぞれの名詞が被修飾名詞《ひしゅうしょくめいし》となるような連体修飾節《れんたいしゅうしょくせつ》を作りなさい。

例　①社員が　②課長に　③お中元《ちゅうげん》を贈《おく》った。

①　課長にお中元《ちゅうげん》を贈《おく》った社員

②　社員がお中元《ちゅうげん》を贈《おく》った課長

③　社員が課長に贈《おく》ったお中元《ちゅうげん》

1　①東京《とうきょう》で　②学長が　③講演をした。

①（　）　②（　）

③（　）

2　①金《キム》さんが　②ソウルに　③飛行機で行った。
①（　　　　）　②（　　　　）
③（　　　　）

3　①田山《たやま》さんが　②ロンドンで　③医者にかかった。
①（　　　　）　②（　　　　）
③（　　　　）

4　①メリーさんが　②ジョンさんと　③富士山《ふじさん》に登った。
①（　　　　）　②（　　　　）
③（　　　　）

⑽　付加名詞連体修飾《ふかめいしれんたいしゅうしょく》

今まで扱《あつか》ってきたものはすべて同一名詞連体修飾《どういつめいしれんたいしゅうしょく》の例で、修飾《しゅうしょく》される名詞はもともと節の中にあったものが動いたと解釈できる。しかし一方《いっぽう》では、次に示すように、被修飾名詞《ひしゅうしょくめいし》がもともと節の中にあったとは考えられないような連体修飾《れんたいしゅうしょく》もある。

①　a　［誰《だれ》かが魚を焼く］匂《にお》いがする。
　　b　［ガラスが割れる］音が聞こえた。
　　c　［宝くじが当たった］喜びでなかなか眠《ねむ》れなかった。

このような構造は、修飾《しゅうしょく》される名詞が付け加えられたものと思われるので、「付加名詞連体修《ふかめいしれんたいしゅう》飾《しょく》」と呼ばれる。これらの名詞を入れてもとの文を復元しようとすると、次のように意味のない文になる。

②a ＊誰《だれ》かが匂《にお》いで（／に／と）魚を焼く。
b ＊音は（／で／に／と）ガラスが割れる。
c ＊宝くじが喜びを（／で／に／と）当たった。

①の例に共通することは、被《ひ》修《しゅう》飾《しょく》名《めい》詞《し》が、節に表された行《こう》為《い》や出《で》来《き》事《ごと》が原因あるいは理由となって引き起こされた結《けっ》果《か》を表しているということである。つまり、「誰《だれ》かが魚を焼くために生じる匂《にお》い」、「ガラスが割れて聞こえた音」、「宝くじが当たったことに起《き》因《いん》する喜び」なのである。なお、付《ふ》加《か》名《めい》詞《し》修《しゅう》飾《しょく》節《せつ》も同《どう》一《いつ》名《めい》詞《し》修《しゅう》飾《しょく》節《せつ》と同様、主語を「の」で表すことができる。例をもう少し挙げよう。

③a［タバコを吸う］煙《けむり》
b［赤ん坊《ぼう》がなく］声
c［子《こ》供《ども》が笑う］顔
d［誰《だれ》かの近付く］足音
e［枯《か》れ葉《は》の舞《ま》う］様《よう》子《す》

付《ふ》加《か》名《めい》詞《し》連《れん》体《たい》修《しゅう》飾《しょく》のもう一つの型としては、次のようなものがある。

④a［東《とう》京《きょう》に着いた］翌日、恩《おん》師《し》を訪ねた。

b　「ここから五十メートル行った」右側に交番があります。

c　「親が見ている」前なので、子供達《こどもたち》はいつも以上に張り切った。

④の例は、「東京《とうきょう》に着いた日の翌日」、「ここから五十メートル行った所の右側」、「親が見ている所の前」などと言い換《か》えることができる。だから、このような例は、「日」とか「所」など、基準点を表すもともとの被修飾名詞《ひしゅうしょくめいし》が省略されたものと考えてもいいだろう。付加名詞連体修飾《ふかめいしれんたいしゅうしょく》は、同一名詞連体修飾《どういつめいしれんたいしゅうしょく》ほどは使われないが、大切《たいせつ》な構造なので、覚えておきたい。

練習問題七

次の文の中の連体修飾節《れんたいしゅうしょくせつ》に傍線《ぼうせん》を引き、それが同一名詞連体修飾《どういつめいしれんたいしゅうしょく》ならば（　）の中に○、付加名詞連体修飾《ふかめいしれんたいしゅうしょく》ならば×を付けて区別しなさい。

1　カメラの歴史から見ると、今はのぞいたものがそのまま写せる時代だよね。（　）

2　ファインダーをのぞいて写真を写す仕事が僕《ぼく》の仕事だよ。（　）

3　すべてが壊《こわ》された跡地《あとち》のちょうど同じ辺《あた》りに新しい煙突《えんとつ》が建てられた。（　）

4　ある日何気《なにげ》なく通り掛《が》かった店のショーウインドーに珍《めずら》しいものがあった。（　）

5　王様が王子《おうじ》に「美しい王女の絵姿がしまってある部屋《へや》に入るな」と命じた。（　）

6　雲は天から送られた手紙《てがみ》である。（　）

7　望遠鏡で遠い景色《けしき》の一部や肉眼《にくがん》では見ることのできない天体が見られる。（　）

8　土地にまつわる様々《さまざま》な問題に精通した専門スタッフが皆様《みなさま》ひとりひとりのお悩《なや》み、ご希望にお答えします。（　）

9 娯楽《ごらく》を求める人々《ひとびと》を満足させる商品価値を最優先してきた巨大《きょだい》な映画工場と言えるハリウッドで、作家としての個性や主張を持ち、芸術的な香《かお》りを持つ作品を作るのは非常に難しいに違《ちが》いない。（　）

10 今は、蚊帳《かや》を吊《つ》って寝《ね》た経験がない人の方《ほう》が多くなってきている時代である。（　）

5 同格節

(1) 同格節とは

第一章で、「バーゲンセールを今日《きょう》からあさっての日曜日《にちようび》までするっていう広告」という同格節の例があったのを、覚えていることと思う。同格節も、被修飾名詞《ひしゅうしょくめいし》が節の中から動いたと考えられないという点で、付加名詞連体修飾節《ふかめいしれんたいしゅうしょくせつ》に似ている。しかし、同格節の大きな特色は、常に節が被修飾名詞《ひしゅうしょくめいし》の内容を表すということにあり、またもう一つの特徴《とくちょう》としては、節と名詞との間に「という」を入れることが多いことである。逆に言えば、「という」を入れて文法的であれば、その節は同格節であると言える。この「という」の「と」は、もともとは「言う」とか「思う」とか「書く」などと共に使われる引用の助詞で、「いう」はもちろん「言う」から来たものと考えられる。従って、被修飾名詞《ひしゅうしょくめいし》に「話、文句、考え、気持ち、記事」など、言ったり、考えたり、書いたりすることに関係のある言葉がよく現れるのは、当然のことである。このほか、「現象、状態、現状、結果《けっか》、事実」などの抽象名詞《ちゅうしょうめいし》も、被修飾名詞《ひしゅうしょくめいし》としてよく使われる。なお、インフォーマルな会話では「という」の代わりに「っていう」がよく使われる。

次の①に、a同一《どういつ》名詞《めいし》連体《れんたい》修飾節《しゅうしょくせつ》、b付加《ふか》名詞《めいし》連体《れんたい》修飾節《しゅうしょくせつ》、c同格節を挙げたので、違《ちが》いを比べてみよう。

① a［日ソ首脳が協議した］問題は北方領土《ほっぽうりょうど》の問題である。
b［日ソ首脳が協議した］結果《けっか》、条約が改定されることになった。
c［日ソ首脳が協議した］という記事が新聞に載《の》っている。

aでは「日ソ首脳が（ある）問題を協議した」という基本構造があり、その節の中にあった名詞の「問題」が動いたものと考えられる。しかし、bとcでは「結果《けっか》」「記事」が節の中に入る余地はない。前者は、「日ソ首脳が協議したことが原因となって生まれた結果《けっか》」という意味であり、後者では、「日ソ首脳が協議した」が「記事」の具体的な内容を表している。

また、前に見た付加《ふか》名詞《めいし》連体《れんたい》修飾節《しゅうしょくせつ》が動詞節のみであるのに対して、同格節には、次の例文に見られるように名詞節、形容詞節、動詞節のどれも使える。

② a［あの車は‖欠陥車《けっかんしゃ》だ／である］といううわさが流れた。
b［防備は‖不完全だ／である］といううわさ
c［貿易業界は‖スカウト合戦《がっせん》が激《はげ》しい］といううわさ
d［日本赤軍《せきぐん》の幹部は‖フィリピンに逃《に》げた］といううわさ

②の例を見てもう一つ気が付くことは、節の中に助詞の「は」が使われているということである。これも、同格節とほかの連体修飾節《れんたいしゅうしょくせつ》との違《ちが》いの一つである。ただし、これは「という」が使われ

た場合に限られ、被修飾名詞《ひしゅうしょくめいし》を「という」を必要としない「事実」に換《か》えてみると、「は」は使えなくなる。次のaとbを比べてみよう。

③ a 「あの車が‖欠陥車《けっかんしゃ》である」事実は否定できない。
　b ＊「あの車は‖欠陥車《けっかんしゃ》である」事実

④ a 「貿易業界の‖スカウト合戦《がっせん》が激《はげ》しい」事実
　b ＊「貿易業界は‖スカウト合戦《がっせん》が激《はげ》しい」事実

⑤ a 「日本赤軍《せきぐん》の幹部が‖フィリピンに逃《に》げた」事実
　b ＊「日本赤軍《せきぐん》の幹部は‖フィリピンに逃《に》げた」事実

②で「は」が使えたのは、「という」のおかげなのである。「と」がもともと「言う」「思う」などと共に使われる助詞で、その引用句の中に「は」があってもかまわないということを考え合わせれば、これは当然のことと言える。「という」が付いた同格節は引用句のようであると認めると、節内の主語を「の」で表すことができないのも理解しやすくなる。次の⑥a、⑦aでは、①cの「が」、②bの「は」を「の」を使って言い換《か》えてあるが、不自然に聞こえる。⑥、⑦のbが示すように、これに対応する同一名詞連体修飾《どういつめいしれんたいしゅうしょく》では「の」を使ってもかまわない。なお、主語にいつ「が」を使うか、いつ「は」を使うかというのは、独立節の場合と同じ規則によって決まる。

⑥ a ＊「日ソ首脳の‖協議した」という記事
　b 「日ソ首脳の‖協議した」問題

⑦ a ＊「防備の‖不完全である」といううわさ

b　［防備の不完全である］国

また、同格節がどのような形で終わってもいいということも、ほかの連体修飾節《れんたいしゅうしょくせつ》と全く違《ちが》う点である。たとえば、次に挙げたのは、同格節が意志形⑧、命令形⑨、伝達形⑩、文語の否定終止形⑪で終わる例である。bを見ると分かるように、同一《どういつ》名詞《めいし》連体修飾《れんたいしゅうしょく》では、このような形は許されない。

⑧　a　［アイドルにファンレターを書こう］という気持ちがかわいい。
　　b　＊［アイドルに書こう］ファンレター
⑨　a　［さっさと金を出せ］という声に後ろを振《ふ》り向いた。
　　b　＊［さっさと出せ］金
⑩　a　［アメリカがロケットの打ち上げに成功したそうだ］というニュースを聞いた。
　　b　＊［ロケットの打ち上げに成功したそうな］アメリカ
⑪　a　［立つ鳥、跡《あと》を濁《にご》さず］という言い伝えがある。
　　b　＊［跡《あと》を濁《にご》さず］（立つ）鳥

なお、「守ろう、信号」とか「頑張《がんば》れ、近鉄《きんてつ》」などのような、意志形や命令形のある標語をよく見掛《みか》けるが、これらは後置文《こうちぶん》（倒置文《とうちぶん》とも呼ばれる）の一種《いっしゅ》で連体修飾《れんたいしゅうしょく》とは違《ちが》う。つまり、「信号を守ろう」、「近鉄《きんてつ》よ、頑張《がんば》れ」という文中の名詞が文末に動いたもので、「守ろう信号が……」、「頑張《がんば》れ近鉄《きんてつ》は……」などと文を続けることができない。

(2) 「という」の使い方

同格節と被修飾名詞《ひしゅうしょくめいし》との間に、「という」をいつ使わなければならないか、いつ使わなくても良いかというのは、一口《ひとくち》に言えることではない。ただ、「という」が使えないということはないので、いつも使っていれば間違《まちが》いない。

それではここで、「という」がなくてもかまわない例を見てみよう。

① a ［光子《みつこ》さんに会いたい］（という）気持ちが日増しに募《つの》る。
b ［地球がだんだん暖まっている］（という）現象が最近注目を浴びている。
c ［君主が敵国に無条件に降伏《こうふく》する］（という）結果《けっか》を招いた。
d ［住宅問題を前向きに対処して行く］（という）意向を明らかにした。
e ［未《いま》だに人種差別が残っている］（という）事実は無視できない。

①に挙げた「気持ち、現象、結果《けっか》、意向、事実」などが被修飾名詞《ひしゅうしょくめいし》として使われた場合、「という」がなくてもかまわないことが多い。これに対して、「文句、ことわざ、冗談《じょうだん》、声、デマ」などは、「という」を必要とする。これらの名詞が「言う」対象を表すということに関係があるのかもしれない。

しかし、同じ被修飾名詞《ひしゅうしょくめいし》を使っても、「という」がない表現が文法的か非文法的かは、いろいろな要素によって変わる。一つの要素は同格節の種類である。たとえば、次の②を見ると、被修《ひしゅう》飾名詞《しょくめいし》は同じだが、同格節が動詞節（a、e）の時は「という」がなくてもかまわないのに、名詞節（b、f）、ナ形容詞節（c）、イ形容詞節（d、g）の場合は不自然に聞こえる。もちろん、これらに「という」を付けると、どれも良くなる。

② a ［アメリカのロケットが打ち上げに成功した］ニュースは世界各国で報じられた。
b ＊［米が豊作《ほうさく》である／の／な］ニュース
c ＊［男女の待遇《たいぐう》が不平等《ふびょうどう》である／な］ニュース
d ＊［科学的進歩《しんぽ》がめざましい］ニュース
e ［文子《ふみこ》さんが結婚《けっこん》する］話を聞きましたか。
f ＊［新しい先生が京大出《きょうだいで》である／の／な］話
g ＊［ベーコンが体に悪い］話

(3)「こと」

「こと」には決まった意味がなく、いつも修飾《しゅうしょく》される語で、形式名詞と呼ばれる。節と一緒《いっしょ》によく使われるが、それは同格節と同じなのか、また違《ちが》うとしたらどう違《ちが》うのか、それを見ていこう。なお、「今日《きょう》はすることがたくさんある」、「昨日《きのう》起こったこと」などという時の「こと」は、「用事」とか「出来事《できごと》」という意味で、今問題にしている「こと」とは別のものである。

第一に、「こと」は「という」と一緒《いっしょ》に使われることもあるが、なくても差し支《つか》えない。今までの例で「という」が必要だったものも、被修飾名詞《ひしゅうしょくめいし》を「こと」にすると、「という」を使わなくても良くなる。少し例を挙げてみよう。ただし、八五ページ⑧～⑪の例は、節が連体形で終わらないため、被修飾名詞《ひしゅうしょくめいし》が「こと」でも「という」が必要である。

① a ［あの車が欠陥車《けっかんしゃ》である／な］ことは確かです。

　　b　［米が豊作《ほうさく》である‖／な‖］こと
　　c　［科学的進歩《しんぽ》がめざましい］こと
　　d　［その時刻に自分の家にいた］こと

面白《おもしろ》いことに、①a、bでは、修飾節《しゅうしょくせつ》最後のコピュラが「こと」の直前で「である」かあるいは「な」になっている。前に見た連体修飾《れんたいしゅうしょく》の例では、「父親が弁護士の河村《かわむら》さん」のように「の」が使われたが、「あの車が欠陥車《けっかんしゃ》のこと」とか「米が豊作《ほうさく》のこと」という言い方はあまりしない。また、「河村《かわむら》さんの父親が弁護士のこと」と言っても「……が弁護士なこと」と言っても不自然なので、これらの場合は「である」が一番安全だろう。

「こと」に先行する節では、「という」がない場合にも「は」を使うことができる。次の例を見てみよう。

　②a　友達《ともだち》が［大都市での犯罪率‖は昨今《さっこん》低下している］ことを教えてくれた。
　　b　［広島《ひろしま》‖はかきがおいしい］こと
　　c　［あの人‖は無実である／無実な］こと

このように、「〜（という）こと」という構造は、普通《ふつう》の同格の構造とはずいぶん違《ちが》う。もともと意味を持たない「こと」に先行する節を同格だと言うことは厳密《げんみつ》にはできないし、また被修飾《ひしゅうしょく》語《ご》の意味を限定したり説明を付け加えたりするという「修飾《しゅうしょく》」の定義も、「こと」には当てはまらない。「こと」は「の」と同じように、「という」があってもなくても、ただ節を名詞に変える文法的な役割しかなく、意味的には「空《くう》」なのである。つまり、「〜（という）こと」という構造は、厳密《げんみつ》には普通《ふつう》の連体《れんたい》修《しゅう》飾《しょく》とは区別されなければならないものである。なお「こと」や「の」の使い方については、本シリーズ第二巻『形式名詞』を参照するとよい。

練習問題八

次の文の中の同格節に傍線《ぼうせん》を引きなさい。そして、「という」を削除《さくじょ》してもいいか、あるいは入れてもいいかを考えて、よければ（　）の中に○を入れなさい。


1（　）上野《うえの》から宇都宮《うつのみや》まで、新幹線で駅弁を食べる間もなくというほどの近さだ。

2（　）どんなカメラを使うかという点に気を使わなきゃいけない。

3（　）日本は二千年来《らい》、谷住まいの国だったということを知るべきだ。

4（　）庭は雑草が茂《しげ》るにまかせて、それを観賞《かんしょう》することに方針を変えた。

5（　）あるラジオ局が「子供達《こどもたち》に伝えたいこと」というテーマで世界の受信者に投書を求めた。

6（　）企業は、世界にも同業者がいることを考えないといけない。

7（　）東京《とうきょう》への機能集中が一層《いっそう》進んでますます人が集まって来るというようなことは、今後も続いていくだろう。

8（　）一番嬉《うれ》しかったことは、なんといっても母が来てくれたことです。

9（　）先生の言うことには逆らわないという習性が日本人に身に付いている。

10（　）小さいことでも、それを長い間積み重ねていくことで予想もしなかったことが結果《けっか》するという場合もある。

6　二つ以上の節による修飾《しゅうしょく》

二つ以上の「名詞＋の」や形容詞が修飾《しゅうしょく》できるのと同様に、二つ以上の節も名詞を修飾《しゅうしょく》することがある。第一章にあった例を、左に(1)aとしてもう一度繰《く》り返そう。b、cも同種の例である。

(1)　a　［眼鏡《めがね》売り場にいる］、［ブルーのスーツを着ている］、［背《せい》の高い］女の人
　　b　［この国に十年以上住んでいて］、［配偶者《はいぐうしゃ》が日本国民である］人
　　c　［S社が売り出した］、［和文英文変換《わぶんえいぶんへんかん》が自在にできる］ワープロ

このように修飾節《しゅうしょくせつ》を重ねることは、対象の範囲《はんい》をだんだんにせばめていく効果《こうか》を上げる。これらの例では同一名詞連体修飾節《どういつめいしれんたいしゅうしょくせつ》が重ねられ、一つ一つの節が並列的《へいれつてき》に名詞を修飾《しゅうしょく》している。従って、節の順序を変えても問題はない。次の(2)のように、同格節と同一名詞連体修飾節《どういつめいしれんたいしゅうしょくせつ》を並列的《へいれつてき》に重ねても、同様の効果《こうか》が得られる。

(2)　a　［地球が丸い］という、［誰《だれ》でも知っている］事実
　　b　［江下《えした》教授が提唱する］、［火星に生物が存在する］という理論

これに対して、次の例では修飾《しゅうしょく》の構造も二つ重ねる目的も違《ちが》う。つまり、二つの修飾節《しゅうしょくせつ》が別々《べつべつ》の名詞を修飾《しゅうしょく》しており、一つの修飾節《しゅうしょくせつ》の中にほかの修飾節《しゅうしょくせつ》が組み込《こ》まれているという構造である。

(3)　a　［［健《けん》が飼《か》っている］ねずみが食べた］チーズはデンマーク製だ。

b [[家内《かない》が昨日《きのう》買った] チーズを食べた] ねずみを退治した。

c [[主人《しゅじん》が勤めている] 会社が今度発売した] ワープロ。

このような構造は、修飾《しゅうしょく》数が増えるのと比例して分かりにくくなる。面白《おもしろ》いのは、日本語では、次の(4)のaとbを比べて、分かりにくさの程度にはさして違《ちが》いはないが、目的語が動詞の後に来る英語などでは、aのように主語が修飾《しゅうしょく》されるものは、bのように目的語が修飾《しゅうしょく》されるものより一段と分かりにくい。参考のため、それぞれの英語訳を付けておこう。

(4) a [[健《けん》が飼《か》っている] ねこが追いかけた] ねずみが食べた] チーズはデンマーク製だ。
(The cheese [that the rat [that the cat [that Ken owns] chased] ate] was made in Denmark.)

b [[[家内《かない》が昨日《きのう》買った] チーズを食べた] ねずみを追いかけた] ねこは健《けん》が飼《か》っている。
(Ken owns the cat [that chased the rat [that ate the cheese [that my wife bought yesterday]]].)

同格節をほかの同格節の中に組み込《こ》むこともできる。ただし、(5)aのような修飾節《しゅうしょくせつ》が二つのものは使うこともあるが、bのように三つ以上になるとやはり不自然である。

(5) a [[地球は平らだ] という理論が正しい] という考えは馬鹿《ばか》げている。

b [[[地球は平らだ] という理論が正しい] という考えは馬鹿《ばか》げている] という事実は明らかだ。

文が長くなり、構造が複雑になると、瞬間的《しゅんかんてき》に意味を理解することが当然難しくなる。この傾《けい》向《こう》は、話す場面でよりも読む場面で特に問題になることが多い。読解上《どっかいじょう》の構造・意味把握《はあく》に関しては、本シリーズ第一八巻『読解《どっかい》—拡大文節の認知—』を参照するとよい。

練習問題九

次の例にならって修飾節《しゅうしょくせつ》とそれが修飾《しゅうしょく》する名詞をはっきりさせなさい。

例1 ［この国に長い間住んでいて］、［友達《ともだち》が大勢《おおぜい》いる］人もある。
例2 ［［主人《しゅじん》が勤めている］会社が今度発売した］カメラはよく売れています。

1 父が行って、眼鏡《めがね》を作ってもらった眼鏡屋《めがねや》はセールをしていました。
2 父がかけている眼鏡《めがね》を作った眼鏡屋《めがねや》はセールをしていました。
3 遠い国から来る日本語を勉強する学生が多くなった。
4 日本語を勉強する大勢《おおぜい》の学生が来た国は遠い国です。
5 研究に行くたびによく泊《と》まる京都《きょうと》の小さな鴨川《かもがわ》に近い宿《やど》を思い出す。
6 沢山《たくさん》の子供《こども》の中のかわいい目をクリクリさせている、チャトリという名の頭のいい少年がすぐ私の友達《ともだち》になった。
7 オーストラリアの不毛の地とされる内陸部に住む人達《ひとたち》の暮《く》らしの調査をするグループが一昨《いっさく》日《じつ》出発しました。
8 やがて到着《とうちゃく》した聖地は異様な静寂《せいじゃく》の支配している、異様な風景の場所であった。
9 僕《ぼく》は学生だった時から君と友達《ともだち》なんだから、君がみすみす不幸になることに口出ししないわけにはいかないんだ。

10　ここまで訪ねて来た私に隠《かく》していることがあるという事実をどう説明してくれるんですか。

〔六〕固有名詞・代名詞の修飾《しゅうしょく》

第一章で触《ふ》れたように、日本語では固有名詞や代名詞が自由に修飾《しゅうしょく》でき、実際《じっさい》にそういう言い方を日常よく耳にする。次の例では、コ・ソ・ア・ド指示詞（a、b）、「名詞＋の」（c、d）、形容詞（e、f）、節（g、h、i）が代名詞を修飾《しゅうしょく》している。

1　a　［こんな］私にもできることがありましたら、おっしゃってください。
　b　［そういう］あなたが好きなんです。
　c　［僕《ぼく》の］彼女《かのじょ》に会ってくれませんか。
　d　［無実の］君が謝《あやま》ることはないよ。
　e　そんなことを信じるなんて、［馬鹿《ばか》な］私でした。
　f　［愛《いと》しい］彼《かれ》がもうじき帰って来ます。
　g　［この間話していた］彼女《かのじょ》はどうなったんだい？
　h　［人前に出るとあがってしまう］私は、結局《けっきょく》一言《ひとこと》も言えませんでした。
　i　伸一郎《しんいちろう》は［幼くして父親をなくした］彼女《かのじょ》を実の子のようにかわいがった。

ただし、節による代名詞の修飾《しゅうしょく》は、gのような例以外、会話ではあまり使われず、h、iのような例は、書き言葉から取り出したもののように聞こえる。だから、「［昨日《きのう》寝坊《ねぼう》した］私はバスに乗り遅《おく》れちゃった」とか「[入社試験に合格した]あなたは嬉《うれ》しいでしょう」などのように、一人《いちにん》称《しょう》や二人称《ににんしょう》の代名詞を節が修飾《しゅうしょく》する例は、会話ではあまり聞かない。

ここで注意しなければならないことは、日本語の「彼《かれ》」とか「彼女《かのじょ》」の使い方がほかの言語（特に西欧語《せいおうご》）の三人称《さんにんしょう》の代名詞とは大きな違《ちが》いがあるということである。まず第一に、これらの言葉は使える対象が限られており、目上の人、自分の家族、小さい子供《こども》などには使えないということ。（最近では特に若い人達《ひとたち》の間で、このような制限がゆるくなってきてはいるが。）第二に、これらの言葉が「ボーイフレンド」とか「ガールフレンド」という意味で使われることが多いということである。1のc、fなどは正《まさ》にその例である。指されている対象について話し手と聞き手との間でお互《たが》いに理解が成り立っている場合には、日本語では代名詞で言い換《か》えるより省略することの方《ほう》が多い。これに対して、そういう場合でも文法的制限から代名詞を使わなければならない言語もある。日本語の代名詞の使い方がそのような言語での使い方と大きく違《ちが》うのは、当然のことであろう。

固有名詞が修飾《しゅうしょく》される例は、これまでにもいくつかあったが、ここではコ・ソ・ア・ド指示詞、「名詞＋の」、形容詞、節が修飾《しゅうしょく》する例を一つずつ順にさらっておこう。

2

a [あの]田村《たむら》さんが来るんですか。

b [うちの]啓介《けいすけ》に限って、そんなことはしません。

c [きれいな]美知子《みちこ》さんはみんなの憧《あこが》れの的《まと》です。

d [初めて大学の門をくぐる]実《みのる》は、期待と不安に胸をふくらませた。

練習問題一〇

ここで、第二章連体修飾《れんたいしゅうしょく》のまとめとして、一〇ページの続きの文を勉強しよう。傍線《ぼうせん》を引いた語を修飾《しゅうしょく》する文を［　］で囲みなさい。（「ジ」は「ジェーンさん」、「よ」は「良夫《よしお》さん」である。）

よ「ジェーンさんでしょう。こんにちは。」

ジ「ええ、ジェーンです。どなたでしたかしら、ちょっと思い出せませんけど。」

よ「山田《やまだ》ゼミで一緒《いっしょ》だった良夫《よしお》ですよ。」

ジ「学生が大勢《おおぜい》とりたがっていた国際経済の山田《やまだ》ゼミね。」

よ「そうです。」

ジ「ああ、それで思い出したわ。いつも入口の近くの席に座っていた、よく質問していた方ね。一度先生の研究室でお目にかかったことあったんじゃない？」

よ「そうですよ。あのゼミ難しかったけれど、面白《おもしろ》い、いろいろ勉強できたゼミでしたよね。」

ジ「そうね。国際経済っていうのは、複雑な問題について考えなきゃならない私達《わたしたち》の将来に大《たい》切《せつ》な課題ですもの。」

よ「特に今はグローバル・エコノミーといわれる時代ですからね。ところで今日《きょう》は久《ひさ》し振《ぶ》りに会いましたね。買物ですか。」

ジ「夏になって、日差《ひざ》しが強くなる前に、サングラスを買っておく方《ほう》がいいと思って。」

よ「ここで、バーゲンセールをしているっていう広告を見て、僕《ぼく》も来たんですが、セールしているサングラスはあまり目に良くないのが多いんじゃないですか。」

修飾 96

ジ「そのようね。サングラスはいいのを使うことが大切《たいせつ》だってことどこかで読んだわ。」

よ「そうですよ。買ったあとで、お茶でもどうですか。」

ジ「せっかくですけど、今日《きょう》はだめなんです。三時からの西山大学の人類学者の川田《かわだ》先生の面《おも》白《しろ》そうな講演に出たいから。」

よ「あっ、忘れてた。困ったな、仕方がないから、僕《ぼく》はやめときます。」

第三章　連用修飾《れんようしゅうしょく》

普通《ふつう》、副詞が文の成分として連用修飾語《れんようしゅうしょくご》と考えられる。このシリーズの第一巻が副詞を扱《あつか》っているが、そこでは「名詞、形容詞、形容動詞の副詞的用法」は省かれているから、ここでは、それらを中心に扱《あつか》うことにするが、少し重複することもあるかもしれない。ただ副詞とは何か、ということには、なかなか簡単に答えられない。難しい日本語学の議論に立ち入らないで例を読んで練習し、連用修飾《れんようしゅうしょく》をする言葉の働きを理解して欲しい。けれども、副詞を日本語の品詞として認めない学者もいることを言っておこう。

〔一〕　はじめに

連用修飾《れんようしゅうしょく》について詳《くわ》しく勉強し、練習する前に、次の良夫《よしお》さんとメリーさんの会話を読んでみよう。

良夫《よしお》さんはジェーンさんと別れて五階の食堂へ行った。少し待って、メリーさんが来た。（「メ」は「メリーさん」、「よ」は「良夫《よしお》さん」である。）

メ　「すっかり遅《おそ》くなっちゃってごめんなさい。」

よ　「いや、そんなに待たなかったよ。五分ぐらい待っただけだ。」

メ「ジェーンさんどうだった。」
よ「元気にしてるみたいだった。僕《ぼく》のことちょっと思い出せなかったけど、一番難しい山田《やまだ》ゼミで一緒《いっしょ》に勉強したことを話したら思い出してくれた。」
メ「今何してるのかしら。」
よ「よく知らないけど、もうすぐ卒業するんじゃないかな。」
メ「良夫《よしお》さん、買物どうしたの。」
よ「あっ、すっかり忘れちゃった。」
メ「いやだわ、ジェーンさんに会って、自分の買物を忘れるぐらい気持ちが良くなったなんて。」
よ「君にはほとんど毎日会うけど、ジェーンさんにはあんまり会わないから。僕《ぼく》の買物はさいわい同じ五階だから、十五分ぐらい待ってくれないかな。」
メ「いやですよ。私はもう帰るわ。さよなら。」
よ「そんなこと言わないでよ。困ったな。じゃ、僕《ぼく》も帰ろう。」

この会話の中から連用修飾《れんようしゅうしょく》を取り出してみよう。連用修飾《れんようしゅうしょく》は前に言ったように、名詞以外の語句を修飾《しゅうしょく》する場合が多いが、名詞、名詞句を修飾《しゅうしょく》することもある。〔四〕「副詞による名詞の修飾《しゅうしょく》」参照）

1　動詞・形容詞の修飾《しゅうしょく》
［すっかり］遅《おそ》くなっちゃって
［そんなに］待たなかった
［五分ぐらい］待っただけだ

［どう］だった
［ちょっと］思い出せなかった
［一番］難しい
［一緒《いっしょ》に］勉強した
［今］何してる
［よく］知らない
［もうすぐ］卒業する
気持ちが［良く］なる
［毎日］会う
［もう］帰る

2　他の副詞の修飾《しゅうしょく》
［ほとんど］毎日（会う）

3　副詞句による文節の修飾《しゅうしょく》
［自分の買物を忘れるぐらい］気持ちが良くなった

4　名詞句の修飾《しゅうしょく》
［さいわい］同じ五階だ

これらの例で分かるように、副詞と考えられる言葉には「五分ぐらい」「一番」「今」「毎日」のように、それだけを取り上げてみれば名詞と思われるものが入ってくる。修飾《しゅうしょく》する言葉の品詞は文の中での働きによって決めなければならないということを覚えておこう。だから、いわゆる「副詞」がほかの品詞をどのように修飾《しゅうしょく》するかは、意味を考えなければなかなか分からない。

次の〔二〕は本シリーズ第一巻『副詞』で詳《くわ》しく説明されているのでここでは簡単にまとめ、第一巻を補足することにする。第一巻をよく勉強してほしい。

〔二〕　副詞による動詞の修飾《しゅうしょく》

1　程度、量の副詞による連用《れんよう》修飾《しゅうしょく》

あの地下鉄の駅で人が〔沢山《たくさん》〕乗り換《か》えます。
あの方はお子さんが〔三人〕おありです。
紙を〔二《に》、三枚《さんまい》〕持って来てください。

この文を次のように書き換《か》えても意味は変わらないが、数量を表す言葉が連体修飾《れんたいしゅうしょく》の働きに変わる。

あの地下鉄の駅で〔沢山《たくさん》〕の人が乗り換《か》えます。
あの方は〔三人〕のお子さんがおありです。
〔二《に》、三枚《さんまい》〕の紙を持って来てください。

このことから数量を表す言葉の後に助詞「の」が使われない場合は、それらは動詞を修飾《しゅうしょく》する副詞と考えて良いことが分かる。次の例を見てみよう。

［沢山《たくさん》］赤い花が咲《さ》いています。
赤い花が［沢山《たくさん》］咲《さ》いています。
［沢山《たくさん》］の赤い花が咲《さ》いています。

連用修飾《れんようしゅうしょく》をする「沢山《たくさん》」は文の中の違《ちが》ったところに使われても、その働きは変わらない。助詞の「の」がないことに気を付けよう。もう少し例を見よう。

今日《きょう》は町を［少し］歩いてみました。
あの人は日本語が［ちょっと］できます。
その本は［みんな］読みました。

この場合には、「少しの町」「ちょっとの日本語」「みんなの本」というように変えることはできない。それは、意味の上で考えると、ある数量が表される場合は明らかに先行している名詞の数量をはっきりさせているのだから、「三人のお子さん」「お子さん三人」、「二《に》、三枚《さんまい》の紙」「紙二《に》、三《さん》枚《まい》」というように修飾《しゅうしょく》の仕方が違《ちが》う使い方ができるわけであるが、「少し」「ちょっと」「みんな」は決まった数量を表さないから、修飾《しゅうしょく》はできないことが分かる。先の「沢山《たくさん》」も決まった数量を表すとは言いにくいが、もともと名詞で副詞的に使われる場合があり、修飾《しゅうしょく》ができた。

練習問題一

次の文を例のように言い換《か》えられれば、言い換《か》えなさい。そして、言い換《か》えても意味が同じだったら○、違《ちが》ったら×を（　）の中に入れなさい。

例　公園を人が五《ご》、六人《ろくにん》散歩《さんぽ》しています。

↓　公園を五《ご》、六人《ろくにん》の人が散歩《さんぽ》しています。

1　あの人はミルクを沢山《たくさん》毎日飲みます。（　）

↓（　）

2　ブラウンさんはいつも食堂で沢山《たくさん》食べます。（　）

↓（　）

3　私達《わたしたち》は漢字がだいぶ分かるようになりました。（　）

↓（　）

4　本を二〇〇ページぐらい読んだ。（　）

↓（　）

5　本を二《に》、三冊《さんさつ》読んだ。（　）

↓（　）

6　切手《きって》を二五〇円ください。（　）

↓（　）

7　時間がまだありますか。（　）

↓（　）

8　水がもう少し飲みたいです。（　）

↓（　）

9　日本語をもっと話す方《ほう》がいいですよ。（　）

↓（　）

10　ポケットに百円玉《ひゃくえんだま》がいくつ入っていますか。（　　）

　（　　）→

　（　　）→

2　程度および状態の副詞による修飾《しゅうしょく》

1　あの子は［なかなか］しっかりしている。

2　［一緒《いっしょ》に］映画を見に行きませんか。

ここで「程度と状態」と言ったのは、数量を表す言葉を別にすると、あることがらの程度は、そのことがらの状態とも考えられて区別しにくいからである。

例文1の「なかなか」を取ると「あの子はしっかりしている」という文になる。「しっかりしている」という句は「〜て＋いる」という状態を表す構造を持っている。そして、「なかなか」は、話し手の判断と反応を含《ふく》んでいるから、ただ「あの子はしっかりしている」というより、もっと豊かな、そして複雑なニュアンスを伝えることになる。これは連用修飾《れんようしゅうしょく》をする副詞の多くに言えることである。

状態を表す動詞句には「〜ている」と「〜てある」がある。

3　部屋《へや》の窓が全部［きっちり］閉めてある。

4　お客様に出すケーキは［ちゃんと］買ってあります。

「〜ている」を修飾《しゅうしょく》する副詞は、「〜てある」も修飾《しゅうしょく》できるというわけではない。これは練習して徐々《じょじょ》に覚えていってほしい。

練習問題二

次の文の傍線《ぼうせん》部分を修飾《しゅうしょく》する適当な副詞を（　）の中から選びなさい。

1 面白《おもしろ》い映画があるから見に行きましょう。（なかなか　すぐ　とても）
2 あの人の日本語は上手《じょうず》です。（かなり　ちっとも　すっかり）
3 兄はドイツに行っています。（とても　ずっと　すっかり）
4 今日《きょう》はむし暑いですね。（きっと　もっと　少し）
5 窓が閉めてありますか。（なかなか　すぐ　ちゃんと）
6 空が曇《くも》ってきています。（だんだん　きちんと　もっと）
7 図書館で友達《ともだち》と勉強しました。（早く　すぐ　一緒《いっしょ》に）
8 この電車は込《こ》んでいるから次のにしましょう。（よく　ずいぶん　全部）
9 この言葉は知りませんが、意味は分かります。（少し　大体　大変　よく　ぜんぜん）
10 その本を読みたいけど、本屋に来ていないそうです。（もう　まったく　一度に　本当に　まだ）

〔三〕 副詞による形容詞の修飾《しゅうしょく》

形容詞は程度、状態、あるいは性質を表すから、それを修飾《しゅうしょく》する副詞は、動詞を修飾《しゅうしょく》する副詞の場合と同じように働き、形容詞の表す程度、状態、性質をもっとはっきりさせるといって良い。

1　まあ、［ずいぶん］高いスーツを買いましたね。
2　何《なん》といってもマイホームが［一番］いいですよ。
3　秋に日光《にっこう》へ行くと［とても］きれいな紅葉が見られます。
4　外国人に対して、日本国民全体に［何《なん》となく］冷たい態度が見られる。
5　E・Tを見ましたが、［とても］面白《おもしろ》かったです。

これらの例文から、イ形容詞、ナ形容詞を修飾《しゅうしょく》している副詞を取ってみる。

1′　まあ、高いスーツを買いましたね。
2′　何《なん》といってもマイホームがいいですよ。
3′　秋に日光《にっこう》へ行くときれいな紅葉が見られます。

「ずいぶん高い」は話し手が「まあ」と言って表したスーツの値段が高いことと、それでもそのスーツを買ったことについての驚《おどろ》きの理由をもっとはっきりさせ、驚《おどろ》きを強めている。
「一番いい」と言えば「いい」を最上級にして強調することになる。
「とてもきれいな」は話し手が「きれいだ」という日光《にっこう》の秋の紅葉についての判断を強めて聞き手に印象づけようとしている。

4′　外国人に対して、日本国民全体に冷たい態度が見られる。

「冷たい態度が見られる」と言えば、事実として日本国民の外国人に対する態度を主張するわけだ（客観的判断《きゃっかんてきはんだん》）が、「何《なん》となく冷たい」と言うと、それが話し手が持つ印象（主観的判断《しゅかんてきはんだん》）だということを述べていることになる。

5′　E・Tを見ましたが、面白《おもしろ》かったです。

これは3′と同じで、話し手が持った「E・Tは面白《おもしろ》い」という判断を強めている。

これで、これらの副詞には話し手の判断の理由を強めたり、対象への話し手の持つ態度や気持ちを強く表す働きがあることが分かる。

練習問題三

次の［　］の中に適当な副詞をリストの中から選んで入れなさい。同じ副詞を二度選んではいけない。

A　昨日《きのう》のクイズはどうだった。
B　［①　　］難しかったからね。［②　　］いい点がとれなかったと思う。
A　［③　　］勉強したのにね。
B　［④　　］復習したって、しきれるもんじゃないからな。
A　でも、［⑤　　］いい成績なんだろう。

B　まあね。アサインメントを［⑥　　　］やってればいいんだ。昨日《きのう》のは［⑦　　　］失《しっ》敗《ぱい》したけど、BかB^-は［⑧　　　］とれると思う。

A　それなら、［⑨　　　］いいじゃないか。

B　うん。昨日《きのう》のクイズだって［⑩　　　］悪かったわけじゃない。

A　今度のクイズにがんばるさ。

B　そうだね。

ちゃんと　あまり　一生懸命《いっしょうけんめい》　まあ　大体

それほど　かなり　ちょっと　いくら　きっと

〔四〕副詞による名詞の修飾《しゅうしょく》

第一章〔三〕―3の例を見よう。

［ちょっと］右によってください。

［かなり］北です。

この「ちょっと」「かなり」は「右」、「北」という名詞を修飾《しゅうしょく》していると考えられる。両方とも「右による」、「北です（＝にある）」というように、「よる」という動詞の方向と「ある」場所を「名詞＋に」で表して、その上にどのぐらい「右」か「北」かという程度をはっきりさせるために、「ちょっと」「かなり」という副詞を付け加えたと考えて良い。その点、動詞や（イ・ナ）形容詞を修飾《しゅうしょく》する「程度の副詞」と同じ働きをしているわけである。ここにもう少し例を挙げるから勉強してほしい。

1　a　郵便局は［ずっと］向こうです。
　　b　郵便局は向こうです。
2　a　この一週間《いっしゅうかん》ばかり、［いつも］雨です。
　　b　この一週間《いっしゅうかん》ばかり、雨です。
3　a　私も［ちょっと］年《とし》だから、旅行はやめておきます。
　　b　私も年《とし》だから、旅行はやめておきます。
4　a　［もっと］前に座りましょう、よく聞こえるから。
　　b　前に座りましょう、よく聞こえるから。
5　a　［すでに］年《とし》の暮《くれ》ですね。
　　b　年《とし》の暮《くれ》ですね。
6　a　私は［絶対《ぜったい》］反対です。
　　b　私は反対です。
7　a　［たかが］子供《こども》と考えて馬鹿《ばか》にしてはいけない。
　　b　子供《こども》と考えて馬鹿《ばか》にしてはいけない。
8　a　電話に出た人は［たしか］ジョーンズさんです。
　　b　電話に出た人はジョーンズさんです。
9　a　［たった］一人《ひとり》で夜道《よみち》を歩くのは良くありませんよ。

10 b 一人《ひとり》で夜道《よみち》を歩くのは良くありませんよ。
a あなたの考えは知りませんが、［たとえ］女でも政治はできますよ。
b あなたの考えは知りませんが、女でも政治はできますよ。

〔五〕 副詞による文全体の修飾《しゅうしょく》

「さいわい雨は降らなかった」という例文の「さいわい」は「雨は降らなかった」のが偶然《ぐうぜん》だけれど話し手にとってちょうど良かったという意味で、「雨は降らなかった」という文を修飾《しゅうしょく》する副詞と考えられる。文法学者はこれを「陳述副詞《ちんじゅつふくし》」と呼んでいる。

1 ［不思議にも］あの人は生き返りました。
2 ［もちろん］原書《げんしょ》を読んで論文を書きます。
3 それが買いたいんですが、［あいにく］今持ち合わせがありません。
4 あれは、［たしかに］昨日《きのう》来た学生です。
5 ［珍《めずら》しく］今朝《けさ》は遅《おそ》くまで寝《ね》ていました。

これらの言葉を副詞と考えて良いかどうか問題があるけれども、連用修飾《れんようしゅうしょく》をする副詞と違《ちが》って、後に続く文の中のある動詞、形容詞の意味を限定するとも考えられない。むしろ、続く表現の中心である文を予想してそれを導入し、それにさらに説明を加えたり、その文についての話し手の判断、気持ち、態度を表すと言って良いだろう。ただ2の「もちろん」は「原書《げんしょ》を読んで論文を書くのはもちろんです」と述語としても使える。3の「あいにく」も「今持ち合わせがないのはあいにくです」と言える。だから、「もちろん」と「あいにく」は副詞と名詞の両方に属するといえる。

〔六〕副詞による他の副詞の修飾《しゅうしょく》

程度や状態を表す副詞は他の副詞（程度・状態の副詞を含《ふく》めて）をさらに修《しゅう》飾《しょく》することがある。

1　a　ジェーンさんはメリーさんより［もう］［少し］背《せい》が高い。
　　b　ジェーンさんはメリーさんより少し背《せい》が高い。
2　a　ブラジルは日本より［もっと］［ずっと］広い。
　　b　ブラジルは日本よりずっと広い。
3　a　あのハイウェーの［ごく］［わずか］北を電車が走っています。
　　b　あのハイウェーのわずか北を電車が走っています。
4　a　ひかり21号は［もう］［すぐ］到着《とうちゃく》します。
　　b　ひかり21号はすぐ到着《とうちゃく》します。
5　a　すぐ来ますから、［いま］［しばらく］お待ちください。
　　b　すぐ来ますから、しばらくお待ちください。

これらの「もう」「もっと」「ごく」「もう」「いま」を例文から取ったbをaの例文と比べてみると、これらの副詞が「少し」「ずっと」「わずか」「すぐ」「しばらく」という程度、状態を表す副詞をさらに限定していることが分かると思う。

練習問題四

ここで、これまでの復習のために次の文の中の副詞を［　］で囲み、その副詞が修《しゅう》飾《しょく》している語句に傍線《ぼうせん》を引きなさい。（出題文は原文と少し変えてある。）

1　原則的に言えば、詩はすべての文学の中で、もっとも民衆的に普遍性《ふへんせい》のある文学である。世に小説の分からない人はあっても詩の分からない人はほとんどないだろう。詩が分からないということは、ただその芸術形態のジャンルについてのみ言っているのである。
（萩原朔太郎《はぎわらさくたろう》「詩の孤独《こどく》とその原因」）

2　この波止場《はとば》に初めてきたとき、私はふしぎに寂《さび》しい思いがした。港に碇《いかり》をおろした船を眺《なが》めて、限りなく憂鬱《ゆううつ》なノスタルジアに囚《とら》われた。海の広がっている地平の向こうに、遠くの故郷《ふるさと》があることを考えて涙《なみだ》が出た。
（萩原朔太郎《はぎわらさくたろう》「天に怒る」）

3　遠い水平線上を走る汽船の燈《ともしび》が、やがてまたたきつつ、やがて暗《やみ》の虚空《こくう》に帰《き》してしまう。ふたたび、そこに死のごとき暗《やみ》がとりのこされる。
（吉田絃二郎《よしだげんじろう》「犬吠岬紀行《いぬぼうさききこう》」）

4　「君はふだん、なんにも食べないんじゃないか」
「はあ」
「今日《きょう》はどうしてそんなにやたらに食う」
「風を引きそうなんです」
「サンドイッチも風の薬か」
「とにかく食べた方《ほう》がいいんです」

「なぜ」

「腹がへっているといけません」

「それでいろいろ食べた後の腹加減はどう」

「いいです」

「まだもっと食べようと考えていそうに見える」

「とんでもない。もう沢山《たくさん》です」

「そうかね」

「はあ」

（内田《うちだ》百閒《ひゃっけん》「房総鼻眼鏡《ぼうそうはなめがね》」）

5　私は、やがて散歩《さんぽ》に出た。あてもないのに、町の数をいくつも通り越して、賑《にぎ》やかな通りを行ける所まで行ったら、通りは右へ折れたり左へ曲がったりして、知らない人の後から、知らない人がいくらでも出て来る。いくら歩いても賑《にぎ》やかで、楽をしているから、私はどこの点で世界と接触《せっしょく》して、その接触《せっしょく》するところに一段の窮屈《きゅうくつ》を感じるのか、ほとんど想像も及《およ》ばない。
（夏目《なつめ》漱石《そうせき》「永日小品《えいじつしょうひん》」）

6　自分はますますつまらなくなった。とうとう死ぬことに決心した。それである晩、あたりに人の居ない時、思い切って海の中へ飛び込《こ》んだ。ところが――自分の足が甲板《かんぱん》を離《はな》れて、船と縁《えん》が切れたその瞬間《しゅんかん》に、急に命が惜《お》しくなった。心の底からよせばよかったと思った。けれども、もう遅《おそ》い。自分はどうしても海の中へ入らなければならない。ただ大変高くできていた船とみえて、身体《からだ》は船を離《はな》れたけれども、足は容易に水に着かない。しかしつかまるものがないから、だんだん水に近づいて来る。水の色は黒かった。

（夏目漱石《なつめそうせき》「夢十夜《ゆめじゅうや》」）

7

今年《ことし》も同じような思いで門をくぐった彼女達《かのじょたち》は、たちまち夕空にひろがっている紅《くれない》の雲を仰《あお》ぎ見ると、皆《みな》が一様《いちよう》に、

「あー」

と感嘆《かんたん》の声を放った。この一瞬《いっしゅん》の喜びこそ、去年《きょねん》の春が暮《く》れて以来一年にわたって待ちつづけていたものなのである。彼女達《かのじょたち》は、ああこれでよかった、これで今年《ことし》もこの花の満開に行き合わせたと思って、何がなしにほっとすると同時に、来年の春もまたこの花を見られますようにと願うのであるが、幸子一人《ひとり》は来年自分が再びこの花の下に立つ頃《ころ》には恐《おそ》らく雪子はもう嫁《よめ》に行っているのではあるまいか、花の盛《さか》りは廻《まわ》ってくるけれども、雪子の盛《さか》りは今年《こ》が最後ではあるまいかと思い、自分としては淋《さび》しいけれども、雪子のためには何卒《なにとぞ》そうであってくれますようにと願う。正直《しょうじき》のところ、彼女《かのじょ》は去年《きょねん》の春も、この花の下に立った時にそういう感慨《かんがい》に浸《ひた》ったのであり、そのつど、もう今年《ことし》こそはこの妹と行を共にする最後であると思ったのに、今年《ことし》もまたこうして雪子をこの花の蔭《かげ》に眺《なが》めていられることが不思議でならず、何《なん》となく雪子が傷《いた》ましくて、まともにその顔を見るに堪《た》えない気がするのであった。

（谷崎潤一郎《たにざきじゅんいちろう》「細雪《ささめゆき》」）

〔七〕イ形容詞による動詞の修飾《しゅうしょく》

イ形容詞が動詞を修飾《しゅうしょく》する場合は形容詞の副詞的用法によることは先に見た。ここで第一章で挙げた例（九ページ）をもう一度見てみよう。

a　戸を［強く］押《お》した。　（↑強い）
b　［すばらしく］美しいバラが咲《さ》いた。　（↑すばらしい）
c　［静かに］歩きましょう。　（↑静かな）
d　［始めに］あのお寺を見ましょう。　（↑始め）

aはイ形容詞「強い」の語幹「つよ」に「く」が付いた「強く」が動詞「押した」を修飾《しゅうしょく》している例である。このようにイ形容詞が動詞の前に現れて連用修飾語《れんようしゅうしょくご》となるときは、形容詞は語尾《ごび》の「い」が「く」に変わり、副詞的な役割を果たす。そして後に続く動詞の性質によって、どんな形容詞が使えるかが決まる。後に続く動詞が動作を表す動作動詞であれば、そのイ形容詞「く」は動詞の動作がどのように行われるか、あるいは動詞が過去形の時は動作がどのように行われたかを説明する。aでは戸を押《お》すという動作が行われ、それが強くされた（押《お》し方が強かった）ということを表している。もし動詞が動作を表すのではなくて、「開《あ》ている」、「煮《に》てある」などの状態を表す状態動詞句であれば、形容詞はどのような状態かを説明する。たとえば、

e　窓が［大きく］開《あ》いている。

このeの文では「大きく」は窓がどのような状態に開《あ》いているかを説明している。

f　この豆《まめ》は［柔《やわ》らかく］煮《に》てあるから歯が悪いおばあちゃんにも食べられると思うよ。

fでは豆《まめ》がどのような状態にあるかを説明している。

このように、動詞を修飾《しゅうしょく》するイ形容詞「く」は動詞の前に現れるが、動詞のすぐ前でなくても良い。たとえばaの「強く」は「押《お》した」のすぐ前に現れる必要はない。「強く戸を押《お》した」のように「戸を」と「強く」の順序を入れ換《か》えても意味は同じである。同じような例をもう少し挙げてみよう。

g　ハンドルを［きつく］握《にぎ》りしめた。　＝［きつく］ハンドルを握《にぎ》りしめた。

h　一日中《いちにちじゅう》［忙《いそが》しく］働いた。　＝［忙《いそが》しく］一日中《いちにちじゅう》働いた。

i　朝から晩まで［楽しく］遊んだ。　＝［楽しく］朝から晩まで遊んだ。

j　ペンキが［赤く］塗《ぬ》ってある。　＝［赤く］ペンキが塗《ぬ》ってある。

jは日本語のイ形容詞を「句」に変えれば副詞として使えるからこのような言い方ができる例である。英語で「red」をこのように使うことはできない。

しかし、次のような例は形容詞を動詞から離《はな》すと不自然になる。

k　明日《あした》のクイズは［やさしく］してください。

?［やさしく］明日《あした》のクイズはしてください。

l　今日《きょう》のケーキは［甘《あま》く］しましたよ。

?［甘《あま》く］今日《きょう》のケーキはしましたよ。

m　激《はげ》しく振動《しんどう》するハンドルを［きつく］握《にぎ》りしめた。

？［きつく］激《はげ》しく振《しん》動《どう》するハンドルを握《にぎ》りしめた。

n 朝、日が出てから、晩、日が暮《く》れるまで［楽しく］遊んだ。

？［楽しく］朝、日が出てから、晩、日が暮《く》れるまで遊んだ。

例文kからnまでの形容詞の位置を文の初めに動かすと文が不自然になってしまうのは、kとlでは「形容詞［く］＋する」の結合が強いため、これを離《はな》すと、できた文の意味が取りにくくなってしまうためだろう。mでは「きつく」を文の初めに移すと、「きつく」と「握《にぎ》りしめた」の距《きょ》離《り》が離《はな》れ過ぎるために文意が取りにくくなる。その上、「振《しん》動《どう》する」が「激《はげ》しく」という修《しゅう》飾《しょく》語《ご》を持っているため、「きつく」をその修《しゅう》飾《しょく》語《ご》の前に移すと「きつく」も「激《はげ》しく」と共に「振《しん》動《どう》する」を修《しゅう》飾《しょく》するように見えるためにおかしくなるのであろう。iの「朝から晩まで［楽しく］遊んだ」の「楽しく」を文の初めに動かしてもおかしくないのは「朝から晩まで」がひとまとまりになっているからであろう。しかし、n「朝、日が出てから、晩、日が暮《く》れるまで［楽しく］遊んだ」の「楽しく」を文の初めに移してできる「［楽しく］朝、日が出てから、晩、日が暮《く》れるまで遊んだ」がおかしいのは、「朝、日が出てから、晩、日が暮《く》れるまで」は一語として扱《あつか》えないし、その上かなり長い表現なので、「楽しく」と「遊んだ」を結び付けるのが難しいからであろう。連《れん》用《よう》修《しゅう》飾《しょく》するときは修《しゅう》飾《しょく》語《ご》と被《ひ》修《しゅう》飾《しょく》語《ご》の距《きょ》離《り》をできるだけ近くすると意味が分かりやすくなり、誤解を招くことが少なくなる。

練習問題五

一　次の文の［　］の中にあてはまる言葉をリストから選び、その形を適当に変えて入れなさい。

1　この一週間《いっしゅうかん》は日本語を［　　　］勉強したのでとても疲《つか》れちゃった。

2　昨日《きのう》は［　　　］きれいな人に会ったけど、話すチャンスがなかったのは残念だ。

3　どうしてあの人はいつもあんなに［　　　］動き回っているんでしょう。

4　ジェットコースターはゆっくり昇《のぼ》り始め、そして一番高いところに達した。と思う間もなく［　　　］大きな音を立てて急傾斜《きゅうけいしゃ》を下《くだ》り始めたので思わず「キャーッ」と言ってしまった。

5　あ、あんなに窓が［　　　］開《あ》けてあったんですね。だから寒かったんだ。

6　辺《あた》りは暗くなり始めていた。その上、雨が少し降り始めた。彼女《かのじょ》はハンドルを［　　　］握《にぎ》りしめて少しスピードを落として車を走らせた。

7　家全体を［　　　］塗《ぬ》るのにはずいぶん勇気がいりました。

8　この漬物《つけもの》はずいぶん［　　　］したね。ちょっと水をくれないか。

9　悪いけどちょっとテレビを［　　　］してくれないか。もう寝《ね》ようと思うんだ。

10　だいぶ［　　　］なったね。もうプールで泳ぐ気もしなくなったな。

大きい　すばらしい　かたい　ものすごい　忙《いそが》しい
赤い　よい　涼《すず》しい　からい　楽しい
やさしい　暑い　小さい

二　次の各文の終わりの（　）の中の形容詞のク形は文中のどこに入れたらいいか、一番適当な番号を選びなさい。

1　［①］昨日《きのう》やっと試験が［②］終わったので、［③］今日《きょう》は朝起きてから［④］晩寝《ね》るまで［⑤］遊んだ。（楽しく）

2　［①］テーブルの前まで来て［②］右手で運んできたコーヒーをそっと置くと、［③］左手で椅子《いす》を引いて少し動かし、そこに座ると、スプーンで砂糖を一杯《いっぱい》入れ、［④］混ぜてからまず一口《ひとくち》、カップからこくのある液体を［⑤］うまそうに口に移し、それから右脇《みぎわき》に抱《かか》えていた新聞を両手で広げて［⑥］一面から読み始めた。（よく）

3　［①］友達《ともだち》が［②］遊びに来た［③］その晩は雨が［④］降っていた。（激《はげ》しく）

4　「ママ、［①］晩御飯《ばんごはん》まだ？［②］もう僕《ぼく》お腹空《なかす》いちゃったよ。御飯《ごはん》［③］してよ。」（早く）

〔八〕イ形容詞によるイ形容詞の修飾《しゅうしょく》

イ形容詞は後に続く形容詞を修飾《しゅうしょく》することができる。〔七〕のb「［すばらしく］美しいバラが咲《さ》いた」を見てみよう。ここでは形容詞「すばらしい」の語幹「すばらし」に「く」が付き、それが連《れん》用修飾《ようしゅうしょく》をして、形容詞「美しい」の程度を表している。そして「すばらしく美しい」が「バラ」の連体修飾語《れんたいしゅうしょくご》となって、そのバラがどんなバラかを説明する文となっている。この文の構造は次のようになる。

［［すばらしく+美しい］［バラが］］咲《さ》いた。

ここで「すばらしい、美しいバラが咲《さ》いた」とすると「すばらしい」と「美しい」は両方とも連《れん》体修飾語《たいしゅうしょくご》となって、バラを修飾《しゅうしょく》することになる。つまり次のようになる。

〔すばらしい〕↓
〔美しい〕↓　バラが咲《さ》いた。

これは「すばらしくて美しいバラが咲《さ》いた」と言うのと同じ意味になる。もっともこの場合は「美しくてすばらしいバラが咲《さ》いた」と、形容詞の順序を入れ換《か》えた方《ほう》が自然な表現となるようだ。

形容詞が他の形容詞を修飾《しゅうしょく》する場合に大切《たいせつ》なことは、初めの形容詞は二番目の形容詞の程度を表すものであることで、その他の意味の形容詞を使うと二つの形容詞が同時に後にある名詞を修飾《しゅうしょく》することになったり、意味が通じなくなったりする。たとえば、

1　新しく美しいバラが咲《さ》いた。

この文では「新しく」が「美しい」を修飾《しゅうしょく》すると取るのはおかしい。それは美しさは新しさとか古さによって変わることはないからである。この文では「新しく」が「美しい」を修飾《しゅうしょく》するのではないのだから、この文が文法的であるためには「新しく」が「美しい」と一緒《いっしょ》に「バラ」を連《れん》体修飾《たいしゅうしょく》している——つまり、「新しいバラ」であり、さらに「美しいバラ」であることを意味しているか、または「新しく」が「咲《さ》いた」を連用修飾《れんようしゅうしょく》して「美しいバラ」は以前から咲《さ》いているのではなくて、今新しく咲《さ》いたということを意味していると考えるのが自然である。（これは、〔七〕の文例jと同じで、「新しく咲《さ》く」というのは日本語の形容詞の特色のある使い方だということに注意して欲しい。）「美しい」を説明するためには、「美しい」の前に「すばらしく」とか「ものすごく」というような「美しい」の程度を表すような形容詞のク形を使う必要がある。

次の例文は形容詞が後に続くもう一つの形容詞を連用修飾《れんようしゅうしょく》する例である。

2　［恐《おそ》ろしく］難しい問題だ。
3　［ものすごく］高い車を買った。
4　［とてつもなく］広い部屋《へや》がこの奥《おく》に続いている。
5　［この上なく］いい気持ちになった。
6　［すごく］明るい声だった。
7　昨日《きのう》君が一緒《いっしょ》に歩いていたあの［すばらしく］美しい女性は一体誰《いったいだれ》なんだい。
8　彼《かれ》の力には本当にびっくりしたよ。なにしろ［とてつもなく］でっかいホームランを打つんだから。
9　驚《おどろ》かさないでよ。どうしてそんなに［突拍子《とっぴょうし》もなく］大きい声を出すの。
10　どうしたんですか。［ひどく］青い顔をしてますね。
11　ああ、これはよくできましたね。［申《もう》し分《ぶん》なく］いい出来栄《できば》えです。

このような例はかなり限られているが、その理由は形容詞「く」のほとんどが動作を説明し、そして動詞を修飾《しゅうしょく》することが多く、他の形容詞の程度を限定し、説明する形容詞が少ないからであろう。この数少ない形容詞を挙げてみる。

恐《おそ》ろしく　この上なく　すごく　すばらしく　とてつもなく　突拍子《とっぴょうし》もなく
ひどく　申《もう》し分《ぶん》なく　ものすごく

練習問題六

次の文の中から傍線《ぼうせん》のある形容詞が次に続く形容詞を修飾《しゅうしょく》しているものを選びなさい。

1　どうしたんでしょうね。この二《に》、三日《さんにち》、この辺《あた》りはひどくやかましくなりましたが。

2　先程から母親が優しく辛抱《しんぼう》強く子供達《こどもたち》の相手をしている。

3　これはすばらしくおいしいコーヒーですね。どこでお買いになったんですか。

4　あ、あの映画ですか。そうですね。あれは、まあ、その、飛《と》び抜《ぬ》けてものすごく面白《おもしろ》いっていうんじゃないんですが、でも一度は見ておく価値があると思いますよ。

5　岡《おか》の上から下を見下《みお》ろすと、白く細い道が緑の草原の中をうねうねとどこまでも続いていて、所々《ところどころ》に散らばって、白と黒の斑点《はんてん》のある牛がのんびりと牧草《ぼくそう》を食《は》んでいる。

〔九〕イ形容詞によるナ形容詞の修飾《しゅうしょく》

イ形容詞の語尾《ごび》の「く」になったものがナ形容詞の前に現れると、そのナ形容詞を修飾《しゅうしょく》して、程度、状態を説明する。

1　a　名前の分からない花だが「すばらしく」きれいだ。
　　b　名前の分からない花だがきれいだ。

2　a　彼《かれ》はかなりの年なのに、「ものすごく」元気だ。
　　b　彼《かれ》はかなりの年なのに、元気だ。

3　a　この辺《あた》りはバスも地下鉄もあるので、［すごく］便利だ。
　　b　この辺《あた》りはバスも地下鉄もあるので、便利だ。

右の例では、1の「すばらしく」はどの程度に花がきれいかを説明し、2の「ものすごく」は彼《かれ》がどの程度「元気」かを説明し、3の「すごく」はこの辺《あた》りの交通がどのぐらい便利かを説明して、それぞれ話し手の主観的《しゅかんてき》な考えや気持ちなどを表現している。これらの文から「すばらしく」「ものすごく」「すごく」を取り除いて得られるbは話し手の感情、判断を含《ふく》まない客観的《きゃっかんてき》な描写文《びょうしゃぶん》になる。この用法に使えるイ形容詞は〔八〕の場合と同じである。

〔一〇〕　ナ形容詞による動詞の修飾《しゅうしょく》

先の〔七〕で挙げたc「［静かに］歩きましょう」ではナ形容詞「静かな」の副詞形「静かに」が「歩きましょう」を修飾《しゅうしょく》して、どんな歩き方をするのかを説明している。このナ形容詞の副詞形「静かに」の文法的役割は「［速く］歩きましょう」の場合の「速く」と同じで、「歩きましょう」という動作がどのように行われるかを限定し、説明している。同じように先の「戸を［強く］押《お》した」の「強く」を「静かに」で入れ換《か》えても、出来上がった文章は文法的に正しい文章となる。

戸を［強く］押《お》した。　→　戸を［静かに］押《お》した。

このことから分かるように、イ形容詞のク形とナ形容詞のニ形では文中における文法的役割は同じであることが分かる。

ナ形容詞を使った例を挙げてみよう。

1　もう少し［静かに］してください。

2　もう少し［きれいに］書いてください。

3　［おだやかに］話せば分かるはずですよ。

4　彼《かれ》はとても［まじめに］働いていますよ。

これらのナ形容詞は動詞の表す動作をどのように行うか、あるいは動作がどのように行われているかを主観的《しゅかんてき》に表している。

このナ形容詞はイ形容詞の被修飾語《ひしゅうしょくご》となり、さらに後に続く動詞を修飾《しゅうしょく》することもできる。

5　草原一面に名前も分からない野草が［すばらしく］［きれいに］咲《さ》き乱れている。

6　彼《かれ》はかなりの年だが、［ものすごく］［元気に］毎日を過ごしている。

このように続くナ形容詞の副詞形を修飾《しゅうしょく》する形容詞は〔八〕、〔九〕と同じように、その数は限られている。

ここでイ形容詞の中でナ形容詞のように見える単語について注意してみよう。「大きい」や「小さい」などのイ形容詞は「大きな」「小さな」という形を取ることはよく知っているだろう。これらは連用修飾《れんようしゅうしょく》をするときは「＊大きに」「＊小さに」という形は取らないで、「大きく」「小さく」というイ形容詞の形を使う。もっとも、少し方言的な言い方になるかもしれないが、「大きに」という形を使う人もいるかもしれないが、ここではこれらの形は考えないことにする。「大きい」「小さい」のように「大きな」「小さな」という形はあるが、「＊大きに」「＊小さに」という形を絶対《ぜったい》に取らないものには次のような言葉がある。（「＊」は不自然、不適切であることを示す。）

おかしい／おかしく　　　　おかしな／＊おかしに
かわいい／かわいく　　　　かわいな／＊かわいに
短い／短く　　　　短な／＊短に

従って、これらの言葉を使って連用修飾《れんようしゅうしょく》をするときは語尾《ごび》がクの形を使わなければならない。
例をいくつか挙げてみると、

7　a　あまり勉強し過ぎて頭が［おかしく］なりました。
　　b　＊あまり勉強し過ぎて頭が［おかしに］なりました。
8　a　この写真は［かわいく］とれていますね。
　　b　＊この写真は［かわいに］とれていますね。
9　a　この頃《ごろ》はずいぶん、日が［短く］なりましたね。
　　b　＊この頃《ごろ》はずいぶん、日が［短に］なりましたね。

次にイ形容詞のうちで、語尾《ごび》がクとニのどちらでも取れる言葉を挙げてみる。

暖かい／暖かく　　　　暖かな／暖かに
か弱い／か弱く　　　　か弱な／か弱に
小高い／小高く　　　　小高な／小高に
細かい／細かく　　　　細かな／細かに
ひ弱い／ひ弱く　　　　ひ弱な／ひ弱に
まっ黒い／まっ黒く　　　　まっ黒な／まっ黒に

まっ白い／まっ白く　　まっ白な／まっ白に
柔《やわ》らかい／柔《やわ》らかく　　柔《やわ》らかな／柔《やわ》らかに
ナウい／ナウく　　ナウな／ナウに

これらの言葉を使った例文をいくつか挙げてみよう。

10　a　縁側《えんがわ》には陽《ひ》がさんさんと［暖かく］さしています。
　　b　縁側《えんがわ》には陽《ひ》がさんさんと［暖かに］さしています。
11　a　自信を失った彼《かれ》は［か弱く］答えた。
　　b　自信を失った彼《かれ》は［か弱に］答えた。
12　a　狼《おおかみ》の母親は運んで来た餌《えさ》を［細かく］噛《か》み砕《くだ》いてはまだ幼い子供達《こどもたち》に口移しに与《あた》える。
　　b　狼《おおかみ》の母親は運んで来た餌《えさ》を［細かに］噛《か》み砕《くだ》いてはまだ幼い子供達《こどもたち》に口移しに与《あた》える。
13　a　この粘土《ねんど》はまだちょっと固くて扱《あつか》いにくいから水を加えてもう少し［柔《やわ》らかく］しましょう。
　　b　この粘土《ねんど》はまだちょっと固くて扱《あつか》いにくいから水を加えてもう少し［柔《やわ》らかに］しましょう。

色に関係のある言葉のうちでイ形容詞である「まっ黒い」「まっ白い」はナ形容詞としても「まっ黒な」「まっ白な」と、どちらにも使えるが、「まっ赤《か》な」「まっ黄色な」「まっ青《さお》な」はイ形容詞とはならないので注意が必要である。

練習問題七

リストから適当な言葉を選び、正しい形に変えて（　）の中に入れなさい。二つの形が可能な場合は二つとも書きなさい。

1　ずいぶん日が（　　）なったね。まだ五時なのに外はもうまっ暗になっちゃったよ。

2　あの人、とても怒《おこ》ってたわよ。顔を（　　）して。

3　このところ風邪《かぜ》をひいたのか、お腹《なか》の具合が（　　）なってしまって、あまり食べられない。

4　体の具合の悪いときには（　　）して、ゆっくりしているのが一番ですよ。

5　先程から音もなく（　　）雪が、底なしの（　　）空から（　　）舞《ま》い降《お》りている。

6　説明はそれだけですか。もう少し（　　）話してくれなくちゃ、よく分かりませんよ。

7　このキャベツもう少し（　　）切ってくれない。こんなに大きくちゃ食べられやしないよ。

まっ赤《か》な　柔《やわ》らかな／い　おかしな／い　短な／い　詳《くわ》しい

暖かな／い　まっ白な／い　細かな／い　まっ黒な／い

〔二〕名詞＋に

先に挙げた〔七〕d「[始めに]あのお寺を見ましょう」では「始めに」は次に続く「あのお寺を見ましょう」の「見ましょう」という動作をいつ行うかという時間を規定している。このように「名詞＋に」は次の動詞の動作あるいは状態を説明し、限定することができる。

1　[終わりに]みんなで歌を歌いましょう。
2　[先に]これをしてしまってください。
3　[おしまいに]納豆《なっとう》寿司《ずし》といきますか。
4　a　[十日《とおか》に]京都《きょうと》にたちます。
　　b　十日《とおか》が締《し》め切《き》りです。
5　[八時三十七分に]着く新幹線に乗っているそうです。

例文1から5までの「終わり」、「先」、「おしまい」、「十日《とおか》」、「八時三十七分」はあることが行われる時間を表す名詞に「に」がついて、動詞を修飾《しゅうしょく》している例である。もちろん、4bのように「十日《とおか》」などの時間を表す言葉でも、それがある動作が行われる決まった時間を指定するために、つまり副詞的に使われたのではない場合は「に」は必要ない。このほか「初旬《しょじゅん》」、「中旬《ちゅうじゅん》」、「下《げ》旬《じゅん》」、「お盆《ぼん》」、「土用《どよう》」、「大晦日《おおみそか》」、「正月《しょうがつ》」、「一月《いちがつ》」、「二月《にがつ》」、「１９９０年」、「月曜日《げつようび》」など時計、カレンダーなどで決まっていて、話し手がおかれた時間によって変わることのない時を表す言葉に「に」を付けて、後に続く動詞の行われる時間を指定することができる。ところで、ここで注意が必要なのは、「昨日《きのう》」、「今日《きょう》」、「明日《あした》」、「夕べ」、「先週」、「今週」、「来週」、「先月《せんげつ》」、「今月《こんげつ》」、「来《らい》月《げつ》」、「今年《ことし》」、「来年」などの話し手のおかれた時間を基準にして変わる相対的《そうたいてき》な時間を表す言葉は、副詞として扱《あつか》われるので「に」は必要ではない。その例を挙げてみよう。

6 この頃《ごろ》暑いですね。明日《あした》海へ行きませんか。

7 来月《らいげつ》ヨーロッパへ行こうと思うんですが、パスポートが切れたので、新しいのをもらいに行かなければなりません。

8 来週一週間《いっしゅうかん》休みを取って、田舎《いなか》へ行ってきます。

9 去年《きょねん》、韓国語《かんこくご》の勉強を始めたばかりです。

10 毎朝《まいあさ》起きるとすぐ散歩《さんぽ》することにしている。

これらの時を表す名詞を使って作られる「～にします」や「～に決めます」などの熟語は右の場合とは違《ちが》って、「に」を必要とするので注意が必要である。

11 a もう遅《おそ》くなったから、残りは［明日《あした》に］しましょう。

b もう遅《おそ》くなったから、残りは明日《あした》しましょう。

12 a あの人は今日《きょう》が都合《つごう》が悪いし、私は明日《あした》がだめなので、［明後日《あさって》に］決めました。

b あの人は今日《きょう》が都合《つごう》が悪いし、私は明日《あした》がだめなので、明後日《あさって》決めます。

11、12のa、bでは意味に違《ちが》いがある。11aでは仕事あるいは勉強など、あるしなければならないことを明日《あした》するということに決めるという意味で、11bではあることを明日《あした》するということ、12aの文章は明後日《あさって》にあることをするということが決まったことを意味しているが、12bはあることの決定が明後日《あさって》行われることをそれぞれ表している。

練習問題八

次の文章の（　）の中に「に」が必要か必要でないか考えて、「に」が必要なものの（　）の中には「に」を、必要でないものの（　）の中には×を入れなさい。

1　昨日《きのう》（　）どこへ行ったの？
2　元日《がんじつ》（　）お年玉《としだま》をもらいます。
3　九月《くがつ》二十八日（　）は、誕生日《たんじょうび》だ。
4　明日《あした》（　）雨が降るそうだから、ハイキングは行けないかもしれないね。
5　収穫感謝祭《しゅうかくかんしゃさい》（　）スキーができると思う。
6　来週の火曜日《かようび》の十時（　）来てください。
7　毎朝《まいあさ》（　）込《こ》んだ電車に乗るのは大変ですね。
8　さあ、今度はいつ会いましょうか。明日《あした》はちょっと困るし、来週からは出張《しゅっちょう》だから、明後日《あさって》（　）しましょうか。
9　この辺《あた》りでは十月中旬《じゅうがつちゅうじゅん》（　）霜《しも》が降《お》りることも珍《めずら》しくない。
10　朝晩（　）温度が零度《れいど》近く下がるようになると、糖分を含《ふく》んだシュガーメープルの葉は鮮《あざ》やかな紅《くれない》に変わる。それが夕方《ゆうがた》（　）澄《す》んだ空気の中で太陽に当たって燃えるように映《は》える様《さま》はすばらしい。
11　ずいぶん仕事がたまっちゃったけど、今日《きょう》はこれでおしまいにして、残りは明日《あした》（　）しましょう。

〔三〕　副詞句による修飾《しゅうしょく》

ある文の陳述部《ちんじゅつぶ》がいろいろな働きをする副詞句に修飾《しゅうしょく》されていることがある。その場合、副詞句には時間を表すもの、原因、理由を表すものなどがある。ここでは、1「～時に(は)」、2「～間に」、3「～間(は)」、4「～うちに／は」、5「～前に」、6「～あと(で)」の時間に関係のある副詞句について考えてみる。副詞句にはこのほかに「～えば」「～たら」「～なら」「～と」「～から」「～ので」「～ながら」「～て」などを含《ふく》むものがあるが、これらはこのシリーズの第六巻『接続の表現』で扱《あつか》われているので、そちらを参照していただきたい。

1　～時に(は)

この表現は「時に」の前に現れる名詞、形容詞、あるいは動詞が後に続く名詞「時」を連体修飾《れんたいしゅう》し《しょく》、さらにそれに「に」が付いて副詞句となって、その文の陳述《ちんじゅつ》の時間を規定する連用修飾《れんようしゅうしょく》句《く》となる。この表現に名詞が使われるときは「～の時に」となり、イ形容詞では「～い時に」、ナ形容詞では「～な時に」、動詞の時は「～る時に」または「～た時に」となる。

(1)
a　子供《こども》の時にはお菓子《かし》を除いて、普通《ふつう》、食べることに興味がない。
b　寒い時にはおでんが一番です。
c　暑い時に熱いお茶を飲むんですか。
d　元気な時にはあまり感じませんが、病気になると健康のありがたさがよく分かります。

(1)の例文は特定の一時点を指すのではなくて、一般的《いっぱんてき》な時、あるいは現在を指している。「～時に(は)」はそれぞれの文の述語を説明し、限定する連用修飾《れんようしゅうしょく》の働きをしている。aでは「私達《わたしたち》は子供《こども》の時にはいつも」という限定されていない時を意味しているし、bでは「寒い時はいつも」、cでは「暑い時はいつも」、dでは「元気な時にはいつも」という時を意味し、一回限りの出来事《できごと》状態《じょうたい》を表しているのではない。

(1)の文のテンスを過去にしても「～時に」の「～」のところのテンスは変わらない。

(2)　a　子供《こども》の時にはお菓子《かし》を除いて、普通《ふつう》、食べることに興味がなかった。
　　b　寒い時にはおでんが一番でしたが、今はあまり食べません。
　　c　暑い時に熱いお茶を飲みましたが、この頃《ごろ》はコーラの方《ほう》がいいですね。
　　d　元気な時にはあまり感じませんでしたが、今度の病気で健康のありがたさがよく分かりました。

「～時に」の前を過去形にした文は非文法的か、または自然ではない表現となってしまう。

(3)　a　?子供《こども》だった時にはお菓子《かし》を除いて、普通《ふつう》、食べることに興味がなかった。
　　b　*寒かった時にはおでんが一番でしたが、今はあまり食べません。
　　c　?暑かった時に熱いお茶を飲みましたが、この頃《ごろ》はコーラの方《ほう》がいいですね。
　　d　?元気だった時にはあまり感じませんでしたが、今度の病気で健康のありがたさがよく分かりました。

このように「～時に」という表現では陳述《ちんじゅつ》の時が現在、過去のどちらでも、「～時に」の「～」の位置に現れる形は、名詞の時は「名詞＋の」、イ形容詞の時は「～い」、ナ形容詞の時は「～な」

とする方《ほう》が問題がない。

動詞が「～時に」の「～」の位置に現れるテンスは、注意が必要である。例文を見てみよう。

(4)　a　日本にいる時には日本語だけを使う。

　　b　*日本にいた時には日本語だけを使う。

例文(4)では、aは文法的に正しいが、bは文法的に正しくない。二つの文章で、違《ちが》いは「時に」の前の「いる」と「いた」だけで「いる時に」は文法的であるが、「いた時に」は文法的でなくなる。それでは「時に」の前には過去形は使えないのであろうか。

(5)　a　日本にいる時には日本語だけを使った。

　　b　日本にいた時には日本語だけを使った。

(5)では両方とも文法的に正しい文章となって、二つの文章には意味の上ではあまり違《ちが》いはない。強《し》いて違《ちが》いを考えれば、aは日本にいたという過去の事実を目の前に浮《う》かべて、実感を込《こ》めて思い出しているが、bではそういった感情はなく単なる事実として思い出しているか、あるいはかえってもうずいぶん前のことになったが、というニュアンスが感じられると思う。

さて、(4)と(5)の違《ちが》いは、それぞれの陳述部《ちんじゅつぶ》が(4)では現在形であり、(5)では過去形である点にある。それでは「～時に」を含《ふく》む文章では陳述部《ちんじゅつぶ》の文章が現在形であれば「時に」の前には過去形は使えないのであろうか。次の二つの文章を見てみよう。

(6)　a　朝起きる時にラジオを聞く。

b　朝起きた時にラジオを聞く。

(6)は両方とも文法的に正しい文章である。aでは目を開《あ》けてからベッドを出るまでの間にラジオのスイッチを入れ、あるいは目覚《めざ》まし時計にラジオを使ってラジオを聞いて目を覚ますが、bでは起きるという動作を完了《かんりょう》してから、つまりベッドから離《はな》れて、立ち上がり、そしてラジオのスイッチを入れる、という順序で動作が行われる。言い換《か》えると「時に」の前が現在形の時はその動作がまだ終わっていないことを意味し、「時に」の前が過去形の時はその動作がもうすでに終わっている完了《かんりょう》の状態を意味する。

それでは(4)と(6)の違《ちが》いは何《なん》であろうか。それは「時に」の前に現れる動詞の性質にあるようだ。(4)では「いる／いた」という存在動詞が使われているが、(6)では「起きる／起きた」という瞬間《しゅんかん》動詞《どうし》――つまりその動作を続けることができない動詞――が使われていることだ。

(6)の陳述部《ちんじゅつぶ》のテンスを変えて、過去にしてみよう。

(7)　a　朝起きる時にラジオを聞いた。

　　b　朝起きた時にラジオを聞いた。

(7)は両方とも文法的に正しい文章である。ここでも(6)a、bの間に見られたのと同じ意味の違《ちが》いがaとbの間に見られる。

それでは「起きる」という瞬間動詞《しゅんかんどうし》を「起きている」という状態を表す表現にするとどうなるであろう。

(8)　a　朝起きている時にラジオを聞く。

b　＊朝起きていた時にラジオを聞く。

この二つの文の関係は(4)のaとbとの関係と同じで、aは文法的に正しいが、bは正しくない。しかしこの二つの文のテンスを過去にした(9)はa、bとも正しい文となる。

(9)　a　朝起きている時にラジオを聞いた。
　　b　朝起きていた時にラジオを聞いた。

それでは動作動詞を使う場合はどうであろうか。例文(10)を見てみよう。

(10)　a　朝食べる時にテレビを見る。
　　b　＊朝食べた時にテレビを見る。

(10)bは(4)b、(8)bと同じように非文法的な文となるが、文が過去の時は、「食べる」でも、「食べた」でも、また動作が継続《けいぞく》することを意味する「食べている」、あるいはこれの過去形「食べていた」でも、文法的な文となる。

(11)　a　朝食べる時にテレビを見た。
　　b　朝食べた時にテレビを見た。

(12)　a　朝食べている時にテレビを見た。
　　b　朝食べていた時にテレビを見た。

以上から、「時に」は動詞の性質によって過去形が使えないことが分かる。つまり、文が現在であって、「時に」の前の動詞が瞬間動詞《しゅんかんどうし》であれば現在形も過去形も使えるが、その他の動詞の場合は現在形は使えるが、過去形は使えない。文が過去であれば「時に」の前の動詞の性質に関係なく現在形も過去形も使えるということになる。

練習問題九

一　次の文章が文法的に正しくなるように、（　）の中の言葉を適当に変えなさい。

1　皿《さら》を皿洗《さらあら》い機で（洗う）時にはできるだけ熱いお湯を使うと早くできます。

2　昨日《きのう》誰《だれ》かがシャワーを（浴びる）時に皿洗《さらあら》い機を回し始めたものだから、湯沸《ゆわ》かし機にお湯が少なくなっていて、皿洗《さらあら》い機が終わるまでかなり時間がかかってしまった。

3　皿洗《さらあら》い機を使わないで、手で皿《さら》やコップを洗う方《ほう》がいいのは、おそらく、（洗う）時に手と爪《つめ》がきれいになることぐらいじゃありませんか。

4　今朝《けさ》車に（乗る）時にドアを開《あ》けようとしたら、寒さで鍵《かぎ》が凍《こお》り付いていてなかなか開《あ》けられなかった。

5　山の中を車で（走る）時にガソリンがなくなって本当に困ったが、親切な人が通り掛《が》かってくれたので助かった。

6　昨日《きのう》あなたと一緒《いっしょ》に車の中に（いる）人は一体誰《いったいだれ》ですか。

7　「今頃《ごろ》そんなことを言ってもどうしようもありませんよ。」「すみません。昨日《きのう》ここに（いる）時には何《なん》とも思わなかったものですから。」

二　次の文が文法的に正しくなるようにリストから言葉を選び、それを適当に変えて（　）の中に入れなさい。

1 あの人は（　　　　）時にはコーヒーを飲む以外は何も食べず、つくえに向かっている。
2 天気が（　　　　）時にこの辺《あた》りをのんびり散歩《さんぽ》するのはとても気持ちがいいですよ。
3 スキーやスケートをして（　　　　）時には、まずシャワーに飛び込《こ》んで、それから熱いコーヒーを飲むと落ち着きます。
4 夕焼けが（　　　　）時には、次の日に雨が降ると言いますが、本当ですか。
5 あんなに長い口髭《くちひげ》じゃ、（　　　　）時にどうするんでしょうかね。さぞかし邪魔《じゃま》じゃないかと思うんですけど。
6 あのう、すまないけどちょっと質問してもいいかい。（　　　　）時に先生に聞こうと思ったんだけど、聞きそびれちゃったものだから。
7 昨晩テレビのフットボールのゲームを（　　　　）時に思ったんですけど、プロのレベルでフットボールをする選手はもちろん大変だけど、それにもましてあの寒さの中でゲームを見ている観客はもっと大変じゃないかと感心もし、心配もしました。

いい　見る　きれい　授業　仕事をする　食べる
寒くなる　悪い　走る　大きい

2 ～間に

この表現は「～」の所には普通《ふつう》、動詞が使われて、その動詞で指定された動作が行われている時間内に、あるいはその動詞の指定する状態の存在する時間内に、ある動作をすること、あるいはしたことを表す。この際、指定された時間内に行われる動作は、その時間内のある一点で完了《かんりょう》して、動作はその時間内全体に及《およ》ぶことはない。それでこの「間に」を伴《ともな》う表現では「しまう」がしばしば使われる。ある指定された時間内全体を使ってある動作が行われる場合は、「～間(は)」という「に」のない表現を使う（次の3「～間(は)」を参照)。文の陳述部《ちんじゅつぶ》テンスが現在でも過去でも、「～」の動詞のテンスは現在形に限られる。また、テイル形がよく使われる。

(1)　電車に乗っている間にあの本を読んでしまった。
　a　＊電車に乗る間にあの本を読んでしまった。
　b　＊電車に乗った間にあの本を読んでしまった。
　c　＊電車に乗っていた間にあの本を読んでしまった。
　cf.　電車に乗っている間あの本を読んでいた。
(2)　日本にいる間にしたいことが沢山《たくさん》あって、どれから始めていいか分からない。
(3)　旅行している間にいろいろ面白《おもしろ》い人に会った。
(4)　君が買い物をしている間に僕《ぼく》はちょっと電話を掛《か》けてくるよ。
(5)　家からここへ来る間に財布《さいふ》を落としてしまったらしい。

(1)はある人が電車に乗ってから降りるまでに本を読んだという状況《じょうきょう》を表している。本を読み終わったはっきりした時間は分からないが、とにかく電車に乗っている間の出来事《できごと》だということを伝えている。(1)の「間に」の前の動詞の形を変えたa～cは全部文法的に誤った文となる。aではもしある人が駅のプラットホームを離《はな》れて電車内に入るまでに本を読み終わることができれば文法的な文となるが、それは現実的でないため、文法的に正しくない文章である。bとcは「間に」の前の動詞のテンスが過去であるため文法的ではない。(1) cf.は「に」のない表現で、電車に乗っている時間全部、本を読んでいたという状態を表している。(2)は日本に着いてから日本を離《はな》れるまでの間という期間に何かをしたいという状況《じょうきょう》で、(3)は家を出て旅行をしている間の出来事《できごと》を表し、(4)はある人が買い物をしている時にもう一人《ひとり》の人が電話を掛《か》けるという場面であり、(5)はある人が家を出てから目的地に着く間の出来事《できごと》を表している。

ここでもう一度(4)と(5)を見てみよう。(4)では買い物をする人と電話を掛《か》ける人が同じではない。このように「間に」を含《ふく》む文では「間に」の前の動詞の主語と、「間に」の後の動詞の主語とが異なっていても文法的に正しい文となる。「ながら」が同じ主語の二つの動作を表すのに比べて、「間に」にはその制限がない。また(1)、(2)、(3)、(5)のように主語が同じでも文法的な文となる。「間に」と共に使われる動詞の種類は、(1)から(4)までは「乗っている」、「いる」、「している」、「している」と、継続《けいぞく》を表す動詞だが、(5)では「来る」となっていて、テイル形ではない。しかし、この場合の「来る」はある場所を出て、他の場所に着くまでの動作を完了《かんりょう》する時間を必要とする動詞なので「間に」の前に使っても文法的に正しい文となる。

この表現の「～間に」の「～」のところに動詞以外に、名詞を使うこともできるようだが、その例はあまり多くない。形容詞はなかなか使いにくいようだ。名詞を使った例を少し挙げておこう。

(6)　休みの間にちょっと旅行してきました。

(7)　社会に出ると、学生の間にあれもすればよかった、これもすればよかったと考えるものですよ。

(8) パーティーの間に一体《いったい》何本《なんぼん》ビールを飲んだんですか。
(9) 冬の間に沢山《たくさん》本を読んでおかないと、春はまた戸外《こがい》活動が忙《いそが》しくなる。

3 ～間（は）

2「～間に」の項《こう》でも触《ふ》れたように、この「～間」を含《ふく》んだ文はある動作が行われている時間の間中《あいだじゅう》、あるほかの動作が行われているか、あるいはある状態が続いていることを表す。「～間は」は強調、比較のために「は」が使われているが、意味は「～間」と同じである。ただ、「～間」を含《ふく》む文の陳述部《ちんじゅつぶ》が否定形で終わるものには「～間は」が必ず使われる。「～間に」の項《こう》で挙げた例文を「～間」を使って書き換《か》えて、さらに「～間は」の例をいくつか挙げてみる。

(1) 電車に乗っている間あの本を読んでいた。
(2) 日本にいる間したいことがたくさんあって、寝《ね》る時間もない。
(3) 旅行している間ずっと面白《おもしろ》い人と一緒《いっしょ》にいた。
(4)' 君が買い物をしている間僕《ぼく》は電話を掛《か》けているよ。
(5) 家からここへ来る間は財布《さいふ》を落とさないようにしっかり握《にぎ》りしめていた。
(6) 雪が降っている間は絶対《ぜったい》に運転しません。
(7) 赤ちゃんが寝《ね》ている間はステレオは掛《か》けない方《ほう》がいいわよ。
(8) 日本にいる間は英語を話さないように心《こころ》掛《が》けました。

(1)では本を読むという動作が電車に乗っている間中《あいだじゅう》続き、(2)'ではあることをしたいのは日本にいる期間中全部であり、(3)'では面白《おもしろ》い人と一緒《いっしょ》にいたのは旅行していた時いつもであり、(4)'では電話を掛《か》けるのは相手が買い物をしている時間全部であり、(5)′では財布《さいふ》をしっかり握《にぎ》りしめていたのは家を出てからここへ着くまでの間ずっとであったことを表している。つまり、ある期間内である動作や状態が終わるが、「間」が示す時間はもっと広いという場合には、この「～間(は)」という表現は使えない。また(5)′、(6)～(8)は陳述部《ちんじゅつぶ》が否定形のため「～間は」が使われている。

練習問題一〇

次の(　)の中に「間(は)」か「間に」のどちらか適当な方《ほう》を選んで入れなさい。

1　普通《ふつう》はコーヒーを飲んでいる(a　　)新聞を読んでしまうんですが、今日《きょう》はいろいろ面白《おもしろ》い記事があったもんで、家内《かない》が買い物に行っている(b　　)ずっと読んでいたんです。

2　二週間ほど旅行した。私が旅行している(　　)木の葉もすっかり散り、秋から冬になっていた。

3　土が湿《しめ》っている(　　)畑を耕すこともできません。

4　ちょっと出掛《でか》けてきますが、私が出ている(　　)誰《だれ》か来たら待っていてもらってください。

5　あ、また雨なの。雨が降っている(　　)芝刈《しばか》りもできないわね。

6　テレビの見過ぎよ。食事をしている(　　)テレビを見ないで皆《みな》と話でもしたらどうなの。

7　「あれっ、もう洗濯《せんたく》しちゃったの。一体《いったい》いつしたの。」
「いえね、あなたが昼寝《ひるね》をしている(　　)ちょっと時間があったもんだから。」

8　困ったなあ、コンピューターの調子がおかしくなっちゃって、仕事ができないよ。丁度いい機会だからコンピューターを修理に出している(　　)今まで読みたいと思っていた本でも読んでしまおうか。

4　～うちに／は

この表現には普通《ふつう》、次の三種類がある。

(1)Xないうちに／はY
(2)形容詞＋うちに／は・動詞＋うちに／は
(3)名詞＋の＋うちに／は

(1)の場合はXという動作あるいは状態が実現する前にYという動作をするか、Yという状態にすること、(2)は形容詞または動詞で表された状態が続いている中のある一時点である動作をするか、ある状態になること、そして(3)はその名詞の表す期間内にある動作が行われるか、あるいはある状態になることをそれぞれ意味する。この「うちに」が表す時間は何時《いつ》から何時《いつ》までとはっきり指定できる時間ではなく、漠然《ばくぜん》とした、大体の時間を指すようだ。これに比べて、「間に」はもう少しはっきりした始まる時間と終わる時間の意識を表しているようだ。

(1)　Xないうちに／はY

①　a　雨が降り出さないうちに洗濯物《せんたくもの》を取り入れておいた方《ほう》がいい。
　b　あ、これが新しい電話番号ですか。忘れないうちに書いておきますから鉛筆《えんぴつ》を取ってくれませんか。
　c　最後の問題を読まないうちに時間になってしまった。

d　名前も聞かないうちに、彼女《かのじょ》は歩いて行ってしまった。
e　好きにならないうちに、もう会うのをやめよう。
f　あの人、完全に元気にならないうちに、もう出社《しゅっしゃ》しちゃったんですよ。
g　あの部屋《へや》、まだ掃除《そうじ》してないんですよ。きれいにしないうちに、通してしまったんですか。
h　あら、もうこんな時間？　さあ、遅《おそ》くならないうちに帰りましょう。
i　そうですね、それにこの辺は蚊《か》が多いから、刺《さ》されてかゆくならないうちにどこかほかのところへ行きましょうか。

aでは「降り出す」という状態になる前に「洗濯物《せんたくもの》を取り入れる」という動作をすることを表し、bでは「忘れる」という状態になる前に「書く」という動作をすることを表している。またcでは「最後の問題を読む」という動作をする前に「時間になった」ことを知らせ、dは「名前を聞く」という動作を完了《かんりょう》する前にその「相手が歩いてどこかへ行ってしまった」ことを表している。例文のeとfはナ形容詞のニ形に「なる」が接続して動詞「好きになる」、「元気になる」となり、それの否定形に「うちに」が続いたもので、ナ形容詞で表される状態になる前に、ある動作が起こることを示している。gではナ形容詞のニ形に「する」が接続して動詞「きれいにする」となり、その否定形に「うちに」が続いたもので、ナ形容詞で表される状態にする前に「通す」という動作をしたことになる。hとiではイ形容詞のク形に「なる」が接続して動詞「遅《おそ》くなる」、「かゆくなる」となり、その否定形に「うちに」が続いたもので、hでは「かゆくなる」という状態になる前に二人《ふたり》がどこかへ行くという動作をすることを表している。

この否定形と一緒《いっしょ》に使う「〜うちに」の特徴《とくちょう》は、その表現が使われる場面に何か困った結果《けっか》が予想されるか、困った状態になる場合に限られることである。たとえばaでは雨が降り出せば洗濯《せんたく》物《もの》がぬれてしまうし、bでは書かないと電話番号を忘れ、またあとで連絡《れんらく》することができなくなる、cでは時間になってしまって全部読むことができない、dでは興味のある女性の名前を知ることができないというように何《なん》らかの意味で困った状態を示している。
「うちに」の前に現れる表現は現在形である。①の例文の「うちに」の前を過去形にした次の②はどれも非文法的な文となる。

②
a　＊雨が降り出さなかったうちに洗濯物《せんたくもの》を取り入れておいた方《ほう》がいい。
b　＊あ、これが新しい電話番号ですか。忘れなかったうちに書いておきますから鉛筆《えんぴつ》を取ってくれませんか。
c　＊最後の問題を読まなかったうちに時間になってしまった。
d　＊名前も聞かなかったうちに、彼女《かのじょ》は歩いて行ってしまった。
e　＊好きにならなかったうちに、もう会うのをやめよう。
f　＊あの人、完全に元気にならなかったうちに、もう出社《しゅっしゃ》しちゃったんですよ。
g　＊あの部屋《へや》、まだ掃除《そうじ》してないんですよ。きれいにしなかったうちに、通してしまったんですか。
h　＊あら、もうこんな時間？　さあ、遅《おそ》くならなかったうちに帰りましょう。
i　＊そうですね、それにこの辺は蚊《か》が多いから、刺《さ》されてかゆくならなかったうちにどこかほかのところへ行きましょうか。

この「～ないうちに」でもう一つ注意しなければならないことは陳述部《ちんじゅつぶ》が肯定形《こうていけい》であれば「に」

は「は」に変えられないが、陳述部《ちんじゅつぶ》が否定形であれば「は」に変えなければならないことである。

②aからgまでの陳述部《ちんじゅつぶ》を否定形に変えた文は次のようなものが可能であろう。hとiは「に」を「は」に変えるともとの文の意味を残すのは難しいので例文は挙げない。

③ a 雨が降り出さないうちは洗濯物《せんたくもの》を取り入れない方《ほう》がいい。

b あ、これが新しい電話番号ですか。忘れないうちは書く必要はありませんから鉛筆《えんぴつ》はいりません。

c 最後の問題を読まないうちは時間になってもこの答案は出せない。

d 名前を聞かないうちは、彼女《かのじょ》を歩いて行かせたくない。

e 好きにならないうちは、会うのをやめられない。

f あの人、完全に元気にならないうちは、決して出社《しゅっしゃ》しない。

g あの部屋《へや》、まだ掃除《そうじ》してないんですよ。きれいにしないうちは、誰《だれ》も通しません。

この表現は「ないうちは」の前に現れた動詞の動作が完了《かんりょう》するか、その動詞の表す状態になるまでは、陳述部《ちんじゅつぶ》の動作は実現しないことを意味する。たとえば、aでは「雨が降る」という状態が始まるまで「洗濯物《せんたくもの》を取り入れる」という動作をしないことを、dでは「彼女《かのじょ》の名前を知る」までは、「彼女《かのじょ》をここに留めておく」ことを、gでは「部屋がきれいになる」までは「人を通す」ということは起こらないことをそれぞれ意味している。

前に「ないうちに」の項《こう》で「うちに」は現在形としか使えないことを見たが、「うちは」は過去形とも使えることがある。

④　a　日本語の勉強を始めなかったうちは暇《ひま》な時間がいくらでもあったんですが、今はいくら時間があっても足りません。
b　スキーをしなかったうちは冬がいやでたまらなかったんですが、今は冬が待ち遠《どお》しくてなりません。
c　薬を飲まなかったうちは咳《せき》が止まらなくて困った。

もちろん、右のaからcの「うちは」の前を現在形にした文も文法的に正しい文である。

(2)　形容詞＋うちに／は・動詞＋うちに／は

この項《こう》では形容詞と動詞の肯定形《こうていけい》がそれぞれ「うちに」の前に使われる文を考えてみよう。

⑤　a　元気なうちに何《なん》でもしたい。
b　明るいうちにしてしまった方《ほう》がいいよ。
c　知らない所をどんどん歩いているうちに見覚えのある所へ出た。
d　雨が降っているうちに宿題をしてしまった。
e　あきらめられるうちにあきらめましょう。

⑤を見ると、aはナ形容詞に「うちに」が接続して、ナ形容詞が表す状態にある間に、bではイ形容詞に「うちに」が続いて、イ形容詞の表す状態が続く間に、ある動作をすることを意味する。cでは動詞のテイル形に「うちに」が接続し、「歩く」という動作をしている間に、ある状態になることを示し、dでは「雨が降る」という状態が続いている間に、ある動作をしたことを表してい

る。そしてeでは動詞の可能形に「うちに」が接続して、「あきらめる」ということが可能な間に、ある動作をすることを表現している。このように肯定形《こうていけい》に「うちに」が続いた形は、ある動作が行われているか、あるいはある状態が続いている間に、つまり、ほかの動作が行われたり、ほかの状態になる前に、ある動作をすることを表している。

否定形に続く「うちに」を含《ふく》む例文①a〜iと、肯定文《こうていぶん》に続く「うちに」を含《ふく》む例文⑤a〜eの違《ちが》いは、①の否定形を使った文では予測《よそく》される変化が起こる前にあることをするが、⑤の肯定形《こうていけい》を使った文では今の状態が続いている間にあることをするという点にある。つまり英訳するときには否定形を含《ふく》む①のような文では "Before something happens, do something." という意味となり、肯定形《こうていけい》を含《ふく》む⑤の文では "While something is the case, do something." という意味となる。

「うちに」の前に使うことのできる形は「ないうちに」の場合と同じで現在形だけであり、程度、状態を表す形容詞に「する」か「なる」の続いたもの、動詞のテイル形、可能動詞が多く現れる。

次に「食べる」「行く」「きれいだ」「大きい」を使って文法的な文と文法的でない文を挙げてみる。

⑥ a　晩御飯《ばんごはん》を食べているうちに寝《ね》てしまった。
　 b　?晩御飯《ばんごはん》を食べるうちに寝《ね》てしまった。
　 c　＊晩御飯《ばんごはん》を食べたうちに寝《ね》てしまった。
　 d　＊晩御飯《ばんごはん》を食べていたうちに寝《ね》てしまった。

⑦ a　スーパーへ買い物に行っているうちにお腹《なか》が空《す》いた。
　 b　スーパーへ買い物に行くうちにお腹《なか》が空《す》いた。
　 c　＊スーパーへ買い物に行ったうちにお腹《なか》が空《す》いた。

d　＊スーパーへ買い物に行っていたうちにお腹《なか》が空《す》いた。

⑧ a　部《へ》屋《や》がきれいなうちに客が来た。

b　？部《へ》屋《や》がきれいになっているうちに客が来た。

c　？部《へ》屋《や》がきれいになるうちに客が来た。

d　＊部《へ》屋《や》がきれいになったうちに客が来た。

e　＊部《へ》屋《や》がきれいになっていたうちに客が来た。

f　＊部《へ》屋《や》がきれいだったうちに客が来た。

⑨ a　部《へ》屋《や》をきれいにしているうちに客が来た。

b　？部《へ》屋《や》をきれいにするうちに客が来た。

c　＊部《へ》屋《や》をきれいにしたうちに客が来た。

d　＊部《へ》屋《や》をきれいにしていたうちに客が来た。

⑩ a　りんごが大きくなるうちに落ちた。

b　りんごが大きくなっているうちに落ちた。

c　＊りんごが大きいうちに落ちた。

d　＊りんごが大きかったうちに落ちた。

e　＊りんごが大きくなっていたうちに落ちた。

f　＊りんごが大きくなったうちに落ちた。

右の例文の非文法的な文はどうして非文法的なのかすぐ分かると思うが、⑩の例文について少し考えてみよう。「～うちに」を使った文は「～」で表現された状態から次の状態に移るのが自然な、あるいは可能な変化でなければならない。りんごは普通《ふつう》、木になっている時は大きくなることはあっても小さくなることはない。それで⑩cにあるように「大きいうちに」と言うと、まるでりんごがこれから小さくなるように聞こえるが、自然な環境《かんきょう》の中ではりんごは大きくなってから小さくなることはないので、この文は誤りとなる。

肯定形《こうていけい》が「うちに」の前に現れる文では、否定形が「うちに」の前に現れるときと違《ちが》って、陳《ちん》述部《じゅつぶ》が肯定形《こうていけい》の時にも「～は」が使える。しかし、陳述部《ちんじゅつぶ》が否定形の時はやはり「に」を「は」に変えなければならない。

次の「肯」は肯定文《こうていぶん》の、「否」は否定文の略である。

⑤ a 肯 元気なうちは何《なん》でもしたい。
　　否 元気なうちはそんなことは何《なん》でもない。
　b 肯 明るいうちは外で遊んだ方《ほう》がいいよ。
　　否 明るいうちはしない方《ほう》がいいよ。
　c 肯 知らないところをどんどん歩いているうちは心細《こころぼそ》かった。
　　否 知らないところをどんどん歩いているうちは退屈《たいくつ》しなかった。
　d 肯 雨が降っているうちは宿題ができた。
　　否 雨が降っているうちは宿題ができなかった。
　e 肯 あきらめられるうちはまだ遊びなんですよ。
　　否 あきらめられるうちは本当に好きなんじゃありませんよ。

⑥　肯　晩御飯《ばんごはん》を食べているうちは静かだった。
　　否　晩御飯《ばんごはん》を食べているうちは寝《ね》られなかった。
⑦　肯　スーパーへ買い物に行っているうちは食事のことだけを考える。
　　否　(家内《かない》が) スーパーへ買い物に行っているうちは落ち着かなかった。
⑧　肯　部屋《へや》がきれいなうちは客が来ても大丈夫《だいじょうぶ》だ。
　　否　部屋《へや》がきれいなうちは客が来なかった。

(3)　名詞＋の＋うちに／は

この表現に使える名詞は時間や状態を表すもの、たとえば、「昼間」「春」「今年《ことし》」「休暇《きゅうか》」「週末」「独身《どくしん》」「子供《こども》」などでなければならない。そして「の＋うちに」と共に使われて、その言葉で表された状態が続いている間に、あるいはその時間の間に、ある動作や行動をすることを意味する。たとえば「昼間のうちに」は昼間と呼ばれる時間帯のある一時点で何かを完成したり、完了《かんりょう》したり、または何かが起こったりすることを意味する。この表現では動作や行動を表す「授業」「遠足」「仕事」「配達」などの名詞は「うちに」の前には使えない。

⑪　a　朝のうちに仕事をしてしまいたいなあ。
　　b　休みのうちにコンピューターが使えるようになるようによく練習します。
　　c　もう暑くなりましたね。梅雨《つゆ》のうちに伺《うかが》おうと思っていたんですが、毎日雨ばかり降っていたものですから、つい出そびれてしまいました。
　　d　スポーツや楽器《がっき》は子供《こども》のうちにやっておくといいですね。子供《こども》は何《なん》でも簡単に上手《じょうず》になるんですから。

e　＊今日《きょう》は仕事のうちにコーヒーを五杯《ごはい》も飲んでしまった。

f　＊夕べ遅《おそ》くまで起きていたもんで今日《きょう》は眠《ねむ》くて眠《ねむ》くて、授業のうちについ寝《ね》てしまった。

⑪aからdではある動作を「うちに」が表す時間内に完了《かんりょう》してしまうことを意味する。eは非文法的な文で、これを文法的に正しい文にするには「仕事をしているうちに」としなければならない。fも「授業に出ているうちに」とか「授業を聞いているうちに」とかしなければならない。

「うちは」を使った文は、ある動作が「～うちは」で表された時間内ずっと続くことを意味する。次に⑪を「うちは」を使った表現にして見てみよう。

⑫　a　朝のうちは仕事をしていました。

b　休みのうちはコンピューターが使えるようになるようによく練習します。

c　もう暑くなりましたね。梅雨《つゆ》のうちは伺《うかが》おうと思っていたんですが、毎日雨ばかり降っていたものですから、つい出そびれてしまいました。

d　スポーツや楽器《がっき》は子供《こども》のうちは簡単に覚えられますからやっておくといいですね。大人《おとな》になってからはなかなか時間がありませんしね。

⑪と⑫のaを比べると、⑪が仕事を朝のある時に完了《かんりょう》したことを表すが、⑫では朝という言葉で表される時間中ずっと仕事を続けていたことを表す。同じようにbでは、⑪が休みのある一時点でコンピューターがうまく使えるという技術を修得するのに対し、⑫はコンピューターの練習を休みの間やめることなく続けることを意味する。cでも同様なニュアンスの違《ちが》いが見られ、⑪では

伺《うかが》うという動作を梅雨《つゆ》という時間の間に完了《かんりょう》したいと思っていたがしなかったことを意味するが、⑫では伺《うかが》うという動作をしようと思っていたのが梅雨《つゆ》という時間の間ずっとであることを意味する。dの違《ちが》いは、⑪は子供《こども》はスポーツや楽器《がっき》の技術が子供《こども》である間のある一時点で、ある程度まで達することを意味するが、⑫はスポーツや楽器《がっき》の上達は子供《こども》である間はずっと、簡単で早いことを意味する。

以上から分かるように、「うちに」と「うちは」の違《ちが》いは、ある動作、状態が一時点で終われば「うちに」を使い、ある時間中ずっとある動作が続けて行われたり、ある状態が継続《けいぞく》する場合は「うちは」を使うというところにある。

練習問題二

次の文で描写《びょうしゃ》されている場面を表す文章を「うちに」あるいは「うちは」を使って書きなさい。

1　雨が降りそうです。今日《きょう》は時間がありますが、明日《あした》から旅行に出なければなりません。芝《しば》がかなり伸《の》びています。今日《きょう》どうしても芝《しば》を刈《か》らなければなりません。

↓（　　　　　　　　　　　　　　　　　　　　）

2　ちょっとスーパーマーケットまで買物に行きたいんですが、友達《ともだち》が電話をしてくると言ったので電話があるまでは行きません。

↓（　　　　　　　　　　　　　　　　　　　　）

3　金曜日《きんようび》に沢山《たくさん》宿題が出ました。提出日《ていしゅつび》は次の週の水曜日《すいようび》ですが、月曜日《げつようび》も火曜日《かようび》も忙《いそが》しそうなので、週末しか宿題をする時間がないようです。それで週末に宿題をしてしまうつもりです。

↓（　　　　）

4 やっと日本に来ました。アメリカではおいしいラーメンが食べられなかったので、沢山《たくさん》食べようと思います。

↓（　　　　）

5 あ、まだ独身《どくしん》ですか。それじゃ、あっちこっち旅行するといいですね。結婚《けっこん》して、子供《こども》ができるとなかなか旅行ができなくなりますからね。

↓（　　　　）

6 寒いときは道が凍《こお》ったり雪が降ったりで車を運転するのは大変だ。だから私はそんな時は車を運転しないことにしている。

↓（　　　　）

5　～前に

この表現はある動作が行われないうちに、あるいはある状態にならないうちに、ほかの動作をしたり、ほかの状態になることを表現する時に使われる。「～前に」の「～」のところに現れるのは動作を表す動詞の現在形だけで、動詞のテイル形、否定形や過去形は使われないし、形容詞も「する」か「なる」が続いて動詞になったもの以外は使われない。「名詞＋の＋前に」という形は使われるが、これは「動詞＋前に」の略されたものと考えられ、動作か状態を表す名詞に限られる。たとえば、

(1)　雨の前に黒い雲が空に広がる。

a　雨が降る前に黒い雲が空に広がる。

それでは「前に」を使った例文をいくつか見てみよう。

(2)　友達《ともだち》が来る前に宿題をしてしまいなさい。そうすればゆっくり遊べるでしょう。

(3)　日本人はプールに飛び込《こ》む前に準備運動をするが、アメリカ人はそんなことはしないで、いきなりザブンと飛び込《こ》んでしまう。

(4)　お箸《はし》を取り上げる前に味噌汁《みそしる》を飲んだ。

(5)　寝《ね》る前に歯を磨《みが》いた方《ほう》がいいことはわかっていても眠《ねむ》くてどうしようもないことがある。

(6)　角《かど》を曲がる前に必ず方向指示器で合図《あいず》する習慣を身に付けると事故防止の役に立つ。

(7)　台風が近づく前に海のうねりが高くなる。

(8)　マンハッタンに入る前に必ず橋を渡《わた》るかトンネルを通らなければならない。

(9)　東京《とうきょう》の地下鉄に乗る前に案内図を見ないと目的地までどう行ったらいいか分からないんです。

(10)　ここへ引っ越す前にずいぶんいろいろなことを心配したが、さて住んでみると、とてもいい所で、今まで考えもしなかった良い点があることに気が付いた。住めば都とはよく言ったものだ。

「～前に」も「～うちに」もある時間にある動作をするか、あるいはある状態になるという意味では同じだが、それではこの二つの表現は全く同じことを表すのであろうか。(1)aから(4)までを

「～うちに」を使って言い換《か》えてみよう。

(1)　a　雨が降る前に黒い雲が空に広がる。
　　b　＊雨が降らないうちに黒い雲が空に広がる。

(1)aは「雨が降る」という状態になる前には「黒い雲が空に広がる」という事実があることを述べている。言い換《か》えると、黒い雲が空に広がれば、雨が降ることの予告となるということで、「雨が降る」ということと「黒い雲が空に広がる」ということの間には関係があることを示している。一方《いっぽう》、「ないうちに」という表現は関係を表すのではなくて、ある状況《じょうきょう》になればある結果《けっか》となるのが普通《ふつう》であるが、ほかの行動をしたり、ほかの状況《じょうきょう》になったので、その結果《けっか》が得られないで残念であるとか、その結果《けっか》をまぬがれることができてよかった、という場面で使われるのが普通《ふつう》である。ところが(1)bは雨が降ることによって予想される結果《けっか》とは別の結果《けっか》を表すのではなくて、雨が降ることとの原因を述べているので、文法的に正しくない文となっている。「雨が降らないうちに」を文法的に正しく使うためには次のような場面の描写《びょうしゃ》がいい。

(1)　c　黒い雲が広がったが、雨が降らないうちに、また青空になってしまった。

つまり、黒い雲が広がることによって、雨が降ることが予想されるが、その予想に反して、雨が降らずに、青空が出てきたという場面では「ないうちに」がぴったりである。

(2)　a　友達《ともだち》が来る前に宿題をしてしまいなさい。そうすればゆっくり遊べるでしょう。
　　b　＊友達《ともだち》が来ないうちに宿題をしてしまいなさい。そうすればゆっくり遊べるでしょう。

(2)aは「宿題をいつするか」という時間をはっきりさせている。(2)bでは「宿題をいつするか」という質問の答えではなくて、「友達《ともだち》が来てからでは宿題ができないからその前に」というニュアンスが含《ふく》まれている。ところが、「そうすれば」という接続詞は「AのあとはBになる」ということを表すから、これでは文の前部と後部がうまく続かない。うまく続くためには「そうすれば」の代わりに「そうしないと」を使って次のように言い換《か》えた方《ほう》がいい。

(2)　c　友達《ともだち》が来ないうちに宿題をしてしまいなさい。そうしないとゆっくり遊べないでしょう。

(3)　a　日本人はプールに飛び込《こ》む前に準備運動をするが、アメリカ人はそんなことはしないで、いきなりザブンと飛び込《こ》んでしまう。

　　b　*日本人はプールに飛び込《こ》まないうちに準備運動をするが、アメリカ人はそんなことはしないで、いきなりザブンと飛び込《こ》んでしまう。

(3)bが文法的に正しくないのは「飛び込《こ》まないうちに」と言うと、「準備運動」は飛び込《こ》んだあとでなされるべきものと取れるが、実際《じっさい》は飛び込《こ》む前にするものであるから、このコンテクストでは、しっくりしない。次のような場面であれば文法的に正しいものとなる。

(3)　c　太郎《たろう》はプールに飛び込《こ》まないうちに寒いというが、二郎《じろう》は飛び込《こ》んでから寒いという。

プールに飛び込《こ》んでから寒いというのは自然な成り行きであるが、プールにまだ入っていないのに、もう、寒いというのは自然の成り行きに反することで、ここで「ないうちに」を使うことができる。

(4)　a　お箸《はし》を取り上げる前に味噌汁《みそしる》を飲んだ。
　　b　お箸《はし》を取り上げないうちに味噌汁《みそしる》を飲んだ。

(4)aでは動作の順序をはっきりさせている。つまり、味噌汁《みそしる》を飲んだのは箸《はし》を取り上げたあとではなくて、取り上げる前だ、と言っているのである。(4)bではお箸《はし》を取り上げる前に味噌汁《みそしる》を飲むのは普通《ふつう》ではないが、こちらの予想とは違《ちが》うこと、あるいは一般《いっぱん》の習慣と違《ちが》うことをしたので、「取り上げないうちに」という表現をした。「取り上げないうちに」を使うとあたかもそういう味噌《みそ》汁《しる》の飲み方は良くないことのように聞こえる。非難したり、おかしいという気持ちを表す場面ではこの表現は文法的に正しい。

以上から、「〜ないうちに」を含《ふく》む文は話し手の主観的感情《しゅかんてきかんじょう》を表し、その状況《じょうきょう》の価値判断が行われているが、「〜前に」を含《ふく》む文は話し手の感情、価値判断は含《ふく》まず、ただ物事の順序をはっきりさせるために使われている。そしてその文で表された二つの動作や状態が、一つがもう一つのあとではなくて、前であるということを強調している。

「前は」はある動作が行われる以前の時間全体にわたってあることが行われたり、ある状態にあることを表す。

練習問題 二

次のそれぞれの二つの文を「前に」を使って一つの文にしなさい。

1　今晩《こんばん》は見たいテレビ番組があります。いつもは宿題を晩御飯《ばんごはん》のあとでしますが、今日《きょう》は学校から帰ってすぐしました。

↓（　　　）

2 私は足を怪我《けが》したことがあるので、スキーをするときは、まず足の筋肉をよく伸《の》ばしてからスキーをするが、若い人はスキーをはくとすぐ滑《すべ》り始める。

↓（　　　）

3 デートをする時は歯を磨《みが》くべきだということはよく分かっているんです。でも今日《きょう》はとても忙《いそが》しくて、髪《かみ》をブラッシュする時間もなかったんです。

↓（　　　）

4 あの家はクリスチャンです。それで御飯《ごはん》を食べる時にお祈《いの》りをしますが、私は知らないでテーブルに付くとすぐ食べ始めてしまって、とても恥《はず》かしい思いをしました。

↓（　　　）

5 私は日本語で電話を掛《か》けるときは、まず、何を言うかを一人《ひとり》で言ってみます。そして何を言うかを決めてから電話を掛《か》けます。

↓（　　　）

6　～あと（で）

この表現はある動作あるいは状態になったあとで、ほかのことが実現するという順序を表す。「XしたあとでY」という文では、Xで表される動作や状態が実現し、完了《かんりょう》してから、Yが実現する。この構文の特徴《とくちょう》は、Xのところにはその文のテンスに関係なく動詞の過去形だけが使われるということである。

(1) 明日《あした》クラスが終わったあとで君の家へ遊びに行きます。
(2) 昨日《きのう》仕事が終わったあとで、皆《みな》で飲みに行ったんです。
(3) 宿題をしてしまったあとで、ちょっと手伝《てつだ》ってね。
(4) 全部食べちゃったあとで気が付いたんだけど、あれは僕《ぼく》のお弁当じゃなかったんだ。困ったな、どうしようかな。
(5) 言ってしまったあとで、まずいことを言ったということに気が付いたが、もうどうにもならない。彼女《かのじょ》は立ち上がると、何も言わずに部屋《へや》を出ていった。
(6) 悪いことをしたあとで謝《あやま》るな。謝《あやま》るぐらいなら初めからしない方《ほう》がいい。
(7) 一日ブラブラしていて飲むビールはあまりうまくないが、仕事をしたあとで飲むビールはうまい。それも満足のいく仕事をしたあとはなおさらだ。
(8) ジョギングしたあとで浴びるシャワーは何《なん》とも言えないほどいい。考えてみると、このシャワーのために何《なん》マイルも汗《あせ》だくになってジョギングしているようなものだ。
(9) 少しでも体の調子が悪くなったあとで考えることだが、健康であるということはすばらしい。
(10) 日本の学生のように大学時代あんなに遊んでいたら社会に出たあとで困るんじゃないかと心配するが、結構《けっこう》皆《みな》うまくやっていくし、日本の経済もかなりのところを行っているんだから、何がいいのか分かりはしない。

例文から分かるように、陳述部《ちんじゅつぶ》のテンスが過去(2)、(4)、(5)であろうと、現在(7)、(8)、(9)、(10)であろうと、未来(1)であろうと、また依頼文《いらいぶん》(3)であろうと、命令文(6)であろうと、「あとで」の前に現れる動詞の形は過去形である。日本語のいわゆる過去形は過去を表すのではなくて、ある動作または状態が完了《かんりょう》したことを表すことを考えると、この構文で、「あとで」が完了形《かんりょうけい》を必要とすることがはっきり分かるはずである。この「～あとで」も「～前に」と同じように物事の行われる順序を示し、さらにある動作が行われた、あるいは状態が存在するのは、ほかの動作や状態の前ではなくて、あとであることを強調している。またこの表現は「前に」と同じで、話し手の主観的《しゅかんてき》な感情を表さない表現である。さらに「あとで」を含《ふく》む節は「すぐに」「もうすぐ」「じきに」「やっと」などの時間を表す副詞を伴《ともな》うことはできない。もちろん、これらの副詞が別の文、たとえば先行する文や、または次の節に使われるのはかまわない。

(11) ああ、やっとこの仕事も終わりそうだよ。終わったあとでお祝いしなくちゃ。

(12) a ＊すぐに起きたあとでコーヒーを飲みます。

b 起きたあとですぐコーヒーを飲みます。

練習問題 一三

次の文を「あとで」を使って書き直しなさい。

1 この仕事はもうすぐ片が付きます。そうしたら昼飯《ひるめし》に行きましょう。

2 明日《あした》アルバイトがあるんです。それが終わってからコーヒーでも飲みませんか。

3 昨日《きのう》、買物に行きました。それからレストランへ行っておいしいものを沢山《たくさん》食べました。

4 彼《かれ》はまず刺身《さしみ》包丁《ぼうちょう》を丁寧《ていねい》にといだ。そして活《い》きのいい魚を冷たい水できれいに洗った。

5 彼女《かのじょ》は外へ出る前に帽子《ぼうし》をかぶり、オーバーを着て、ブーツをはき、そして手袋《てぶくろ》をした。

練習問題一四

次の文の（　）の中に「時に(は)」「時は」「間に」「間は」「うちに」「うちは」「前に」「前は」「あとで」の中から適当なものを選んで入れなさい。

1 今朝《けさ》、家を出る（　）食欲がなかったので朝御飯《あさごはん》を食べませんでした。

2 電車に乗って本を読んでいる（　）急に気持ちが悪くなりました。

3 次の駅で電車を降《お》りて、駅のホームのベンチに座っている（　）少し気分が良くなりました。

4 ベンチに座っている（　）大丈夫《だいじょうぶ》だったんですが、立ち上がると、またあめまいがしました。

5 十五分ぐらい座っている（　）だいぶ気持ちが良くなったので、駅の売店まで歩いて行きました。

6 売店で薬を買った（　）水飲み場まで行き、そこで薬を飲みました。

7 薬を飲んでから十分《じっぷん》もしない（　）気分が良くなったのでホッとしました。

8 気分が良くなる（　）気が付きませんでしたが、落ち着いてみると、額にかなり汗《あせ》をかいていました。

9 次の電車を待っている（　）まだ心配だったので、ベンチに座っていました。

10 次に来た電車はかなり込《こ》んでいたので、車内に立っていましたが、立っている（　）別に何も変だとは感じませんでした。

11 終点に着いた（　）また気分が少し悪くなったので、今日《きょう》は学校へ行くのをやめて、あまりひどくならない（　　　　）家へ帰って寝《ね》ることにしました。

12　家へ帰って数時間寝《ね》た（　　　）気分がスッキリしたので、もう一度外出の用意をして、家を出ました。

13　今度は無事《ぶじ》に学校まで行くことができました。でも、やっとキャンパスに着いた（　　）授業はもう終わっていたので、図書館へ行ってしばらく本を読みました。

14　暗くなる（　　）図書館を出ると、ばったり友達《ともだち》に出会ったので、一緒《いっしょ》に夕食を食べに食堂へ行きました。

15　食事をした（　　）映画を見たので、家へ着いた（　　）十一時を過ぎていました。

最終練習問題

この「修飾《しゅうしょく》」の巻のしめくくりとして、谷崎潤一郎《たにざきじゅんいちろう》の「細雪《ささめゆき》」からの次のパッセージを読んで、連体修飾《れんたいしゅうしょく》と連用修飾《れんようしゅうしょく》の修飾関係《しゅうしょくかんけい》を復習しよう。

家を出た時分《じぶん》には人顔がぼんやり見分けられる程度であったが、螢《ほたる》が出ると云《い》う小川のほとりへ行き着いたころから急激《きゅうげき》に夜が落ちて来て、……小川と云《い》っても、畑の中にある溝《みぞ》の少し大きいくらいな平凡《へいぼん》な川がひとすじ流れ、両岸には一面に芒《すすき》のような草が長く生《お》い茂《しげ》っているのが、水が見えないくらい川面《かわも》に覆《おお》いかぶさっていて、最初は一丁程先に土橋のあるのだけが分かっていたが、……螢《ほたる》と云《い》うものは人声や光るものを嫌《きら》うということで、遠くから懐中電燈《かいちゅうでんとう》を照らさぬようにし、話声も立てぬようにして近づいたのであったが、直《す》ぐ川のほとりへ来てもそれらしいものが見えないので、今日《きょう》は出ないのでしょうかとひそひそ声で囁《ささや》くと、いいえ、沢山《たくさん》出ていま す、此方《こちら》へいらっしゃいと云《い》われて、ずっと川の縁《ふち》の叢《くさむら》の中へ這入《はい》り込《こ》んで見ると、ちょうどあたりが僅《わず》かに残る明るさから刻々《こくこく》と墨一色《すみいっしょく》の暖さに移る微妙《びみょう》な時に、両岸の叢《くさむら》から螢《ほたる》がすいすいと、芒《すすき》と同じような低い弧《こ》を描《えが》きつつ真ん中の川に向かって飛ぶのが見えた。……見渡《みわた》す限り、ひとすじの川の縁《ふち》に沿《そ》うて、何処《どこ》までも何処《どこ》までも、果てしもなく、両岸から飛び交《か》わすのが見えた。……それが今まで見えなかったのは、草が丈《たけ》高く伸《の》びていたのと、その間から飛び立つ螢《ほたる》が、上の方《ほう》へ舞《ま》い上がらずに、水を慕《した》って低く揺曳《ようえい》するせいであった。……が、その、真の闇《やみ》になる寸刻《すんこく》前、落ち凹《くぼ》んだ川面《かわも》から濃《こ》い暗黒が、這《は》い上がって来つつありながら、まだもやもやと近くの草の揺《ゆ》れ動くけはいが視覚に感じられる時に、遠く、遠く、川のつづく限り、幾筋《いくすじ》とない線を引いて両側から入り乱れつつ点滅《てんめつ》していた、幽鬼《ゆうき》めいた螢《ほたる》の火は、今も夢《ゆめ》の中にまで尾《お》を曳《ひ》いているようで、目をつぶってもありありと見える。

用語索引

著者紹介

宮地 宏（みやじ・ひろし）

1954年京都大学文学部哲学科卒業。スタンフォード大学より哲学（言語学）博士号（Ph. D）修得。オレゴン大学助教授、ペンシルバニア大学準教授を経て、現在ミドルベリイ大学哲学及び言語学教授。日本思想、日本語学の英日著書、論文多数。

Simon遠藤陸子（サイモン・えんどうむつこ）

1973年国際キリスト教大学卒業。ミシガン大学において言語学修士、博士号（Ph. D）修得。ミシガン大学、ミドルベリイ大学講師を経て、現在ミシガン州立大学助教授。著書に *A Practical Guide for Teachers of Elementary Japanese, Supplementary Grammar Notes to An Introduction to Modern Japanese* 他がある。

小川信夫（おがわ・のぶお）

1967年慶応義塾大学文学部英文科卒業。ブリティシュ・コロンビア大学より言語学修士号、ペンシルバニア大学より日本語言語学博士号（Ph. D）修得。エール大学、メリーランド大学講師、プリンストン大学日本語科科長、助教授を経て、現在ミドルベリイ大学日本語科科長、準教授。論文に ‘Video Taped Materials for Advanced Students of Japanese’『牧野成一記念論文集』（ジャパン・タイムズ）他がある。

NOTES

外国人のための日本語例文・問題シリーズ17『修飾』練習問題解答

第一章　修飾《しゅうしょく》のいろいろ

〔一〕ジェーンさんの　山田《やまだ》先生のところで会った　そんな　ジェーンさんにあいさつした　TシャツやYシャツを売っている　五階の食堂の　落ち合う　三十分《さんじっぷん》以上　少し　ちっとも　ゆっくり　変な

第二章　連体修飾《れんたいしゅうしょく》

〔一〕①例の　②いろんな　③ほんの　④ある　⑤大きな　⑥たいした　⑦いわゆる　⑧たいした　⑨小さな　⑩ずぶの　⑪たいした　⑫とんだ　⑬いわゆる

〔二〕一　1Bどの　Bあの　（この）　Aあの（その）　2どの　3その　又はあの　4あの　5Bどの　Bあの　又は　その　二　1a新しい女という名称　b新しい女という名称　c新しい女　d女の人達《ひとたち》　2a日本人ほど外国に慣れていない国民はないということ　b日本　3a白牡丹《はくぼたん》という白椿《しろつばき》　b花びらの独特のそり　三　1aAがBにある時代について話しているとき、BがAに「その時代には自分はまだほんの子供《こども》だった」と言う。b AとBがある時代について話し合っているとき、AあるいはBが「あの時代には自分はまだほんの子供《こども》だった」と言う。2aAとBがCから話を聞いて、AあるいはBが「こんな話を聞いたことはありません」と言う。bAがBに話をしている。BがAに「そんな話を聞いたことはありません」と言う。cAとBがCから聞いたことについて話している。AあるいはBが「あんな話を聞いたことはありません」と言う。

〔三〕一　1a英語で書かれた本　b本を書く時に使われる英語と会話で使われる英語　2aあちらの方《ほう》の山　b山より先の所　3a先生がなさった話　b誰《だれ》かが話をしていた先生、あるいは物語などを生徒に聞かせる先生　4aここの前にある家　b家が建っている前の所　5a太郎《たろう》が知っている友達《ともだち》　b私の友達《ともだち》である太郎《たろう》　6a会社に所属するコンピューター　bコンピューターをつくる会社　7a本に出ている漢字　b漢字について書いている本　8

a　木でできている椅子《いす》　b　椅子《いす》に使われている木　9　a　私の友達《ともだち》のお父《とう》さん　b　私のお父《とう》さんが知っている友達《ともだち》　10　a　何かの上にある雑誌　b　コップが上に置かれている雑誌　二　1　手段　2　材料　3　行為者《こういしゃ》　4　位置　5　目的　6　目的　7　所属　8　時　9　数量　10　原因　11　様子《ようす》　12　内容　三　1　a　父が書いて送ってくれた手紙《てがみ》　b　父に来た手紙《てがみ》　2　a　大阪《おおさか》の中を走っている電車　b　ここから大阪《おおさか》まで行く電車　3　a　日曜日《にちようび》の予定　b　今から日《にち》曜日《ようび》までの予定　4　a　ヨーロッパへ行った旅　b　ヨーロッパの中を回った旅　5　a　学校が主催《しゅさい》する行事　b　学校の中で行われる行事　四　1　フランス人のミテランさんが今日《きょう》来ました。　2　あの人はえびのてんぷらを食べました。　3　友達《ともだち》と家の前の海で泳ぎました。　4　私の学校のL・Lで時々《ときどき》ビデオを見ます。　5　母は輸入のきれいなウールの洋服を買いました。　6　議会での首相の（首相の議会での）短い答弁を聞きました。　7　兄《にい》さんの会社のオフィスの／で秘書の山中《やまなか》さん（山中《やまなか》さんという秘書）にこれを届けてください。　8　現代の日本の女性としての考えを話しました。　9　これからの日本経済の方向に関しての研究をしている。　10　モスクワにおいての米ソ首脳の会談の結果《けっか》のニュースを聞きました。

〔四〕

一　「漆黒《しっこく》の」自動車　「その」自動車　「軽井沢《かるいざわ》ステエションの」表口　「一人《ひとり》の」「ドイツ人らしい」娘《むすめ》　「「あんまり」美しい」車　「黄色い」帽子《ぼうし》を「かぶった」娘《むすめ》　「自動車の」方《ほう》　「「その」自動車の」中　二　1　古い車　2　つまらない雑誌　3　難しい漢字　4　安いドレス　5　せまい部屋《へや》　大きいベッド　6　古い店　面白《おもしろ》い人　7　大きい字引　難しい言葉　8　小さい黒い犬（黒い小さい犬）　9　おだやかで正直《しょうじき》な人（正直《しょうじき》でおだやかな人）　10　安いコンパクトなコンピューター（コンパクトな安いコンピューター）　11　田山《たやま》さんのきれいな家　12　学校の先生　やさしい日本語の本　13　a　近くの友達《ともだち》　新しいスポーツカー　鎌倉《かまくら》の海　b　鎌倉《かまくら》の友達《ともだち》　新しいスポーツカー　近くの海　14　a　あの小さい店　おいしいスイスのチョコレート（スイスの

おいしいチョコレート） b あの店　おいしいスイスの小さいチョコレート （スイスのおいしい小さいチョコレート） 15 私の嫌《きら》いな先生　つまらない長い話 （長いつまらない話） **三** （いろいろな結び方があるが、ここでは例を挙げておく）豊かな感性、歴史的な進歩《しんぽ》、極端《きょくたん》な例、自由な思考、科学的な作品、変な事件、静かな環《かん》境《きょう》、健康な身体、ひょんなこと、ポピュラーな話　**四**　1 ［対岸の］［フランスの］カレー ［美しい］町 ［ノートルダムみたいな］寺院 ［［［ルネサンス風の］［赤い］市庁舎の］前の］花壇《かだん》の］中 ［例の］［ロダンの］［「カレーの市民」の］銅像 ［船でドーヴァーを渡《わた》る］人 ［まったく］閑《かん》静《せい》だ　2 ［ダッフルコートという］［民芸風の］コート ［木や［水牛の］角《つの》で留める］［風変わりな］デザイン ［あんな］カタチ　3 ［［広大な牧草地《ぼくそうち》で］［のんびり］遊ぶ］羊たち ［抜《ぬ》けるような］青空 ［降り注《そそ》ぐ］太陽 ［自然と調和のとれた］［美しい］町並《まちな》み ［あたたかく人なつっこい］笑顔 ［公園の］国

〔五〕 1 生まれが広島《ひろしま》の鎌倉《かまくら》さんは、今東京《とうきょう》に住んでいます。 2 「小憎《こぞう》の神様《かみさま》」の著者の志賀直《しがなお》哉《や》は、小説の神様《かみさま》と呼ばれました。 3 簡単ではないこの問題は答えるのに時間がかかります。 4 中学校の先生の（＝をしている）大木《おおき》さんのお母《かあ》さんは、大変忙《いそが》しいです。 5 交通渋滞《じゅうたい》が激《はげ》しい東京《とうきょう》も大阪《おおさか》も何か方法を考えるべきだ。 6 小型ですがあまり安くないその赤い車は、ディーラーにすすめられて買いました。 7 二月《にがつ》の節分《せつぶん》の日に、ほうぼうの神社《じんじゃ》でさかんな追儺式《ついなしき》は、七世紀の終わりごろに中国から伝わりました。 8 すしが大好きな私の家族は、よく近所《きんじょ》のすし屋に行って食べます。 9 やわらかそうな雪の中に頬《ほお》を埋《うず》めてみたい。 10 果てしなく広い透《す》き通った青い海があなたの来るのを待っている。

〔六〕 **一** （次の答えは例文で、ほかにいろいろな文を作ることができる） 1 私が学校でよく話す人は、タイ国から来ています。 2 タクシー乗り場には、お客を待っているタクシーが、沢山《たくさん》いました。 3 私の姉がフランス語を習っている先生はフランス人ですが、日本語がとても上手《じょうず》

です。 4 兄が一緒《いっしょ》によく山に登る友達《ともだち》は、ヒマラヤに行ったそうです。 5 昨日成田《きのうなりた》に着いたジェット機で、父がヨーロッパから帰りました。 二 1 A 昨日《きのう》、風で折れました。 B 昨日吹《きのうふ》いた風で折れました。 C 昨日吹《きのうふ》いた風で松《まつ》の木が折れました。 2 A 横浜《よこはま》へ行く電車です。 B 横浜《よこはま》へ行く電車は三番線です。 C 横浜《よこはま》へ行く早い電車は三番線です。 3 A 森へ行く道です。 B 静かな森へ行く道です。 C 静かな森へ行く道を散歩《さんぽ》しましょう。 4 A 四月三日《しがつみっか》に、アメリカから来ました。 B 四月三日《しがつみっか》に、メリーさんがアメリカから来ました。 C 四月三日《しがつみっか》に、メリーさんがアメリカから来た翌日に、学校が始まりました。 5 A アパートは大変便利な所です。 B 借りたアパートは、大変便利な所です。 C 青山《あおやま》さんが借りたアパートは、大変便利な所です。 D 青山《あおやま》さんが借りたアパートは、地下鉄に近い、大変便利な所です。 E 先月《せんげつ》、青山《あおやま》さんが借りたアパートは、地下鉄に近い、大変便利な所です。 三 1 ① 学長が講演をした東京《とうきょう》 ② 東京《とうきょう》で講演をした学長 ③ 東京《とうきょう》で学長がした講演 2 ① ソウルに飛行機で行った金《キム》さん ② 金《キム》さんが飛行機で行ったソウル ③ 金《キム》さんがソウルに行った飛行機 3 ① ロンドンで医者にかかった田山《たやま》さん ② 田山《たやま》さんが医者にかかったロンドン ③ 田山《たやま》さんがロンドンでかかった医者 4 ① ジョンさんと富士山《ふじさん》に登ったメリーさん ② メリーさんと富士山《ふじさん》に登ったジョンさん ③ メリーさんとジョンさんが登った富士山《ふじさん》

〔七〕 1 のぞいたものがそのまま写せる時代（〇） 2 ファインダーをのぞいて写真を写す仕事（〇） 3 すべてが壊《こわ》された跡地《あとち》（×） 4 何気《なにげ》なく通り掛《が》かった店（×） 5 美しい王女の絵姿がしまってある部屋《へや》（×） 6 天から送られた手紙《てがみ》（〇） 7 肉眼《にくがん》では見ることのできない天体（〇） 8 土地にまつわる様々《さまざま》な問題（〇） 土地にまつわる様々《さまざま》な問題に精通した専門スタッフ（〇） 9 娯楽《ごらく》を求める人々《ひとびと》（〇） 娯楽《ごらく》を求める人々《ひとびと》を満足させる商品価値（〇） 娯楽《ごらく》を求める人々《ひとびと》を満足させる商品価値を最優先してきた巨大《きょだい》な映画工場（〇） 娯楽《ごらく》を求める人々《ひとびと》を満足

させる商品価値を最優先してきた巨大《きょだい》な映画工場と言えるハリウッド（〇）作家としての個性や主張を持ち、芸術的な香《かお》りを持つ作品（〇）10 蚊帳《かや》を吊《つ》って寝《ね》た経験（〇）蚊帳《かや》を吊《つ》って寝《ね》た経験のない人（〇）蚊帳《かや》を吊《つ》って寝《ね》た経験のない人の方《ほう》が多くなってきている時代（〇）

〔八〕

1 駅弁を食べる間もなくというほどの近さ 2 どんなカメラを使うかという点 3（〇）谷住まいの国だった（ ）こと 4（〇）それを観賞《かんしょう》する（という）こと 5「子供達《こどもたち》に伝えたいこと」というテーマ 6（〇）世界にも同業者がいる（という）こと 7（〇）ますます人が集まって来る（ ）ようなこと 8 一番嬉《うれ》しかったこと（〇）母が来てくれた（という）こと 9（〇）先生の言うことには逆らわない（ ）習性 10（〇）長い間積み重ねていく（という）こと（〇）予想もしなかった（という）こと（〇）予想もしなかったことが結果《けっか》する（ ）場合

〔九〕

1［父が行って］、［眼鏡《めがね》を作ってもらった］眼鏡屋《めがねや》は…… 2［［父がかけている］眼鏡《めがね》を作った］眼鏡屋《めがねや》は…… 3［遠い国から来る］［日本語を勉強する］学生が…… 4［［日本語を勉強する］〈大勢《おおぜい》の〉学生が来た］国は…… 5［研究に行くたびによく泊《と》まる］〈京都《きょうと》の〉〈小さな〉［鴨川《かもがわ》に近い］宿《やど》を思い出す 6［沢山《たくさん》の子《こ》供《ども》の中のかわいい目をクリクリさせている］、［チャトリという名の頭のいい］少年が…… 7［［オーストラリアの不毛の地とされる］内陸部に住む］人達《ひとたち》の［暮《く》らしの調査をする］］グループが…… 8［やがて到着《とうちゃく》した］聖地は［異様な静寂《せいじゃく》の支配している］、〈異様な風景の〉場所であった 9［学生だった］時［［不幸になる］ことに口出ししない］わけにはいかない 10［［ここまで訪ねて来た］私に隠《かく》している］ことがあるという］事実を……

〔一〇〕

よ 山田《やまだ》ゼミで一緒《いっしょ》だった ジ 入り口の近く（の） よく質問していた 一度先生の研究室でお目にかかった よ あの 面白《おもしろ》い・いろいろ ジ 国際経済っていう 複雑な 大切《たいせつ》な よ グローバル・エコノミーといわれる ジ 日差《ひざ》しが強くなる サングラスを買っておく よ ここで、バーゲンセールをしているっていう　セールしている　あまり目に良くない　ジ いい　使う　いいのを使うことが大切《たいせつ》だって　よ 買った　ジ 三時からの西山大学の人類学者の川田《かわだ》先生の面白《おもしろ》そうな

第三章　連用修飾《れんようしゅうしょく》

〔一〕 1 沢山《たくさん》のミルク（○）　2〈言い換《か》えられない〉　3〈言い換《か》えられない〉　4 二〇〇ページぐらいの本（×）　5 二《に》、三冊《さんさつ》の本（○）　6 二五〇円の切手《きって》（×）　7〈言い換《か》えられない〉　8 ?もう少しの水　9〈言い換《か》えられない〉　10 いくつの百円玉《ひゃくえんだま》（○）

〔二〕 1 すぐ　2 かなり　3 ずっと　4 少し　5 ちゃんと　6 だんだん　7 一緒《いっしょ》に　8 ずいぶん　9 よく　大体　10 まだ

〔三〕 ① かなり　② あまり　③ 一生懸命《いっしょうけんめい》　④ いくら　⑤ 大体　⑥ ちゃんと　⑦ ちょっと　⑧ きっと　⑨ まあ　⑩ それほど

〔四〕 1 [原則的に]言えば　[もっとも][民衆的に]普遍性《ふへんせい》のある　[ほとんど]ない　〈だろう〉　[[ただ]その芸術形態のジャンルについて]のみ]言っている　2 [初めて]きた　[ふしぎに]〈寂《さび》しい思いが〉した　[限りなく]憂鬱《ゆううつ》な　[遠く]〈私の故郷《ふるさと》が〉ある　3 [[やがて]またたきつつ]〈〈やがて〉暗《やみ》の虚空《こくう》に〉帰《き》してしまう　4 [ふだん]〈なんにも〉食べない　[どうして][そんなに]　[やたらに]食う　[とにかく]〈食べた方《ほう》が〉いい　[いろいろ]食べた　[まだ]　[もっと]食べよう　[[……考えて]いそうに]見える　[もう]沢山《たくさん》〈です〉　5 [やがて]〈散歩《さんぽ》に〉出た　[いくつも]通り越して　[いくらでも]出て来る　[いくら]歩いても　[ほとんど]〈想像も〉及《およ》ばない　6 [ますます]つまらなくなった　[とうとう]〈死ぬことに〉決心した　[思い切って]〈海の中へ〉飛び込《こ》んだ　[急に]〈命が〉惜《お》しくなった　[もう]遅《おそ》い　[どうしても]〈海の中へ〉入らなければならない　[ただ[大変]高く]できていた　[容易に]〈水に〉着かない　[だんだん]〈水に〉近づいて来る　7 [たちまち]夕空にひろがっている紅《くれない》の雲を仰《あお》ぎ見る　[一様《いちよう》に]〈感嘆《かんたん》の声を〉放った　[[一年に]わたって]待ちつづけていた　[何がなしに]ほっとする　[[〈来年の春も〉また]〈この花を〉見られま

すようにと」願う〈来年〉「〈自分が〉再び」〈この花の下に〉立つ「恐《おそ》らく」〈雪子は〉「もう」嫁《よめ》に行っている「「何卒《なにとぞ》」そうであってくれますように」と願う「そのつど」……思った「もう」今年《ことし》こそは「今年《ことし》もまた」「こうして」〈雪子を〉「この花の蔭《かげ》に」眺《なが》めていられる「何《なん》となく」〈雪子が〉傷《いた》ましくて「まともに」〈その顔を〉見る

〔五〕一 1 よく 2 すばらしく 3 忙《いそが》しく 4 ものすごく 5 大きく 6 かたく 7 赤く 8 からく 9 小さく 10 涼《すず》しく 二 1 ⑤ 2 ④ 3 ④ 4 ③

〔六〕1 3 4

〔七〕（／は複数解答のどれもが適当なことを示す）

1 短く 2 まっ赤《か》に 3 おかしく 4 暖かに／く 5 まっ白な／い まっ黒な／い 柔《やわ》らかに／く 6 詳《くわ》しく 7 細かに／く

〔八〕1 × 2 に 3 × 4 × 5 に 6 に 7 × 8 に 9 に 10 × × 11 に

〔九〕一 1 洗う 2 浴びている 3 洗う／洗っている 4 乗る 5 走っている／いた 6 いた 7 いる／いた 二 1 仕事をする／している 2 いい 3 寒くなった 4 きれいな 5 食べる 6 授業の 7 見ている／いた

〔十〕1 a 間に b 間 2 間に 3 間は 4 間に 5 間は 6 間は 7 間に 8 間に

〔二〕1 雨が降らないうちに芝《しば》を刈《か》らなければならない。 2 友達《ともだち》が電話してこないうちはスーパーマーケットへ行かない。 3 週末のうちに宿題をしてしまうつもりです。 4 日本にいるうちにおいしいラーメンを沢山《たくさん》食べます。 5 独《どく》身《しん》のうちに旅行する方《ほう》がいい。 6 寒いうちは車を運転しないことにしている。

〔三〕1 今晩《こんばん》は見たいテレビ番組があるので晩御飯《ばんごはん》を食べる前に宿題をしてしまった。 2 私は足を怪我《けが》したことがあるので、スキーをする前に、まず足の筋肉をよく伸《の》ばしてからスキーをするが、若い人はスキーをはくとすぐ滑《すべ》り始める。 3 デートをする前に歯を磨《みが》くべきだということはよく分かっているんですが、今日《きょう》はとても忙《いそが》しくて、髪《かみ》の毛をブラッシュする時間もなかったんです。 4 あの家はクリスチャンで、御飯《ごはん》を食べる前にお祈《いの》りをしますが、私は知らないでテーブルに付くとすぐ食べ始めてしまって、とても恥《は》ずかしい思いをしました。　5　私は日本語で電話を掛《か》ける前にまず、何を言うかを一人《ひとり》で言って、そして何を言うかを決めてから電話を掛《か》けます。

〔三〕　1　この仕事の片が付いたあとで、昼飯《ひるめし》に行きましょう。　2　明日《あした》アルバイトが終わったあとで、コーヒーでも飲みませんか。　3　昨日《きのう》、買物に行ったあとでレストランへ行っておいしいものを沢山《たくさん》食べました。　4　彼《かれ》は刺身《さしみ》包丁《ぼうちょう》を丁寧《ていねい》にといだあとで、活《い》きのいい魚を冷たい水できれいに洗った。　5「かぶったあとで」、「着たあとで」、「はいたあとで」のいずれもよい。

〔四〕（次の解答の中でA／Bは、AでもBでも正しいことを示す）　1　前に　2　うちに／時に／間に　3　間に／うちに　4　間は／うちは／時は　5　間に／うちに　6　あとで　7　うちに　8　前に／前は　9　間は／時は　10　間は／時は　11　時に　うちに　12　あとで　13　時には　14　前に　15　あとで　時には

國家圖書館出版品預行編目資料

修飾/宮地宏,サイモン遠藤陸子,小川信夫
共著.--初版.--臺北市：鴻儒堂，民 80
面；公分
含索引
ISBN 957-9092-38-9(平裝)
1.日本語言─文法

803. 16 91006925

修　飾

定價：150元

1991年(民80年)9月初版一刷
2002年(民91年)5月初版二刷
本出版社經行政院新聞局核准登記
登記證字號:局版臺業字1292號

著　　者：宮地 宏、小川信夫、サイモン遠藤陸子
監　　修：名柄 迪
發 行 人：黄成業
發 行 所：鴻儒堂出版社
地　　址：台北市中正區100開封街一段19號二樓
電　　話：23113810・23113823
電話傳真機：23612334
郵政劃撥：01553001
E — mail：hjt903@ms25.hinet.net
香港經銷處：智源書局・九龍金巴利道27-33號
永立大廈2字樓A座
電　　話：23678482・23678414

法律顧問:蕭雄淋律師